Summoned from Another World: Working at a Magical Girls' School Store as “Harem Slave”.
CHARACTER
ラビ・ポンパール
魔法女学園に通うダンサーバニー族の姫。
優しくて性行為にも興味津々な、
リュータの『ご主人様』。
プリメラ・アシュベリー
魔法女学園の3年生。
アルラウネ族の麗しき貴族令嬢。
アズ・ノーティラス
魔法女学園の2年生。
天真爛漫&ボーイッシュなスライム族の少女。
テレジア・ヨルディス
魔法女学園の学園長。
童女のような姿だが、
えっちも強いえらい人。
リュータ・サクマ
魔法女学園の「性行為実習」講師。
三十路近くのサラリーマンだったが、
この世界に転生した希少な牡のヒト。
ネネーナ・サーキュロンド
サキュバス族の少女。
女王の命令で「性行為実習」を
邪魔しようとするが……？

魔法女学園の売店ではたらく俺は、異世界から召喚された『ハーレム奴隷』です。

VN
Variant Novels
TAKESHOBO

Summoned from Another World: Working at a Magical Girls' School Store as a "Harem Slave".

著：タイフーンの目
イラスト：孫陽州

CONTENTS

Summoned from Another World: Working at a Magical Girls' School Store as a "Harem Slave".

プロローグ

「んぷ、くぷ、じゅぷっ……♡」

　全裸で座り込んだ俺はブレザー姿の女の子にフェラチオされていた。背もたれにしているのは売店のカウンター。その向こう側は廊下だ。

　――状況に、理解がまったく追いつかない。すぐ近くを通り過ぎる足音に、女子生徒の楽しげな声。昼休みの喧噪。

　俺は学生でもないのに校舎の中にいた。二人きりのこの物陰で、勃起したペニスをウサ耳の女の子に口愛撫されている――

「ちゅるっ――、かぽっ♡　くぽっ♡」

　そう、ウサ耳だ。

　俺の下腹部にうずめられている彼女の頭部には、ウサギの耳が乗っかっている。

　コスプレじゃない、正真正銘の耳。彼女が頭を上下させるたび、その耳先が俺の腹筋を撫でてくすぐったい。

ふわふわと柔らかいウサギの耳の生々しい感触に、ここが異世界であることを実感させられる。

でもそれにしたって……どうしてこんなことになっているのか。頭の中を整理しようとしても、下半身に与えられる容赦ない快感が思考の邪魔をする。

「じゅぷ♡　くぷ♡　じゅるるッ――♡　んぷ♡　んぷっ♡」

ぬるぬるの唇で肉茎に吸いつかれ、唾液たっぷりの口腔粘膜で亀頭を擦られ、拙い舌使いで先端をちろちろと舐められて、俺はもう暴発寸前だ。

「ちょっと、待――っ」

「……んッ、ふぁい？　なんれすか？♡」

俺の声に反応して、彼女が顔をあげる。長くて綺麗な髪とあどけない美貌の持ち主だ。大きな両目に、長いまつ毛。

ただ、その可愛らしい顔とは対照的に、瞳は熱っぽく潤んでいて、柔らかな唇は口淫の唾液で濡れそぼっている。

「なんでこんなこと――」

「だって……せっくすの前には、お×んぽ舐めるって教わりましたから♡　は……むっ♡　ぐぷんっ♡……でも、こんなに大きくなるものだとは知りませんでした……れろれろっ♡　ひゅごい……♡」

ただでさえ興奮しきっていた体が、さらに熱くなる。

セックス？　いや、マズいだろう。彼女は学生で、俺は——俺はなんなんだ？

俺は朦朧とする頭で苦労して、本当に苦労して、こんな状況に至る前のことを思い返す——。

第1章　転職先は、モン娘だらけの魔法女学園でした

俺、佐久間リュータはサラリーマンだった。

ブラックな労働環境で働く会社の歯車。体も心もすり減らしながら働いて、「今すぐ辞めてやる！」なんて思いながらもそれすら実行できずにいた。

三十路も近くなり、不摂生で小太りな体型になって、不健康極まりない状態だった。

そうして……ああそうだ。

考えることを放棄してひたすら働いた結果、俺は過労で倒れたんだ。アパートに帰った瞬間に何かがぷつりと切れて倒れてしまった。遠のく意識の中で思ったことが「もう働かなくていいんだ」だったあたり、やっぱり俺は参っていたんだなと思う……。


——けれど、一旦は薄まった意識はしばらくすると戻ってきた。

目を開けると、妙に明るい空間。

「なんだここは？　あの世……？」

真っ白な地平線。見渡す限り何もない。

足下はフワフワと柔らかいが、しかし、夢の中にいるようなぼんやりした感覚じゃなく、しっかりとした肉体感覚がある。

「ん、体……？　これ、俺か？」

今の俺は全裸だった。

出っ張っていた腹は、無駄な贅肉が落ちて腹筋はバキバキのシックスパック。何となく視点も高い気がする。……これは、百八十センチくらいはないか？

顔にも触れてみるが、やはり違和感。頬は適度にほっそりとしていて、鼻も高い。

全体的に若返っていて、しかもアスリートみたいな細マッチョな体だ。

どうなってるんだ一体？　これが小説やマンガで見る『転生』ってやつか？

しかし、それにしても下半身は……なんと見事に勃起していて、腹筋にバチンと当たっている。

朝勃ちどころの話じゃない。精力が張って、溢れんばかりだ。

誰も見てないからいいけど。

「ここにいても仕方ないか――」

仕方なく俺は、広大な空間をあてどなく歩いていった。

すると、奇妙な建物に行き当たった。

小さな建物。ショッキングピンクの外観で、見ているだけで目がチカチカする。デカデカと掲

げられた派手な看板には、

「『転生案内所』……？」

怪しい。怪しすぎる。

「しかしなぁ、他に行く当てもないしなあ……」

仕方なく、俺は開け放たれていたドアから入っていく。

「わ、お客様ぁ？　いらっしゃいませ～♡」

中ではピンクの法被を羽織った女性が、やる気なくカウンターでダラけていたが、俺のことに気づくと意気揚々と立ち上がり、やたら舌っ足らずな声で話し掛けてきた。

青い髪に赤い瞳の女性。アニメでしか見たことのないような外見だ。

しかし、話している言葉は理解できる。相手が日本語を話してくれているのか、それとも俺がそう理解できるようになっているのか。そういえば、看板の文字も普通に読めたしな。

まあとにかく、この不思議な世界で人間に会えてほっとする。

「あ、やべっ――」

同時に自分が全裸であることを思い出し、咄嗟に股間を隠す。

だが彼女は、

「ああ、ぜひそのままで。素敵ですよ～」

と、まったく気にする様子はない。

……ううん、こうなったら開き直るか。自分で言うのもなんだが、俺の体は男根も含めて立派になっている。それはもう、神々しいくらいに。

「ええ、そのままでどうぞ～。私も眼福ですし～♡　ところでお客様、前世ではお疲れでしたか？　お疲れでしたよねぇ、ここにたどり着いちゃうくらいですし～！」

前世？　やっぱり俺は死んだのか？　だが俺が疑念を差し挟む暇もなく、彼女は続ける。

「ご安心ください！　ここは前世にお疲れなお客様に次の転生先を紹介する、専用窓口ですから～。ささ、魂のお兄さん、どこにしますー？　英雄になって世界救っちゃいます？　それとも辺境開拓しちゃいます？　あ、ハーレムがいいですか、熱烈に愛されたいですかぁ？♡」

「痛い！　腕痛いから！」

カウンター越しに腕を掴まれて、俺はたじろぐ。

「痛い？　そんなわけありませんよ。お兄さんはもう魂だけの存在なんですから。……おや？お兄さん、魔力凄いですね。前世では大活躍だったんじゃありませんか？」

「前世……活躍なんて。つーか、魔力？」

「はい魔力です。……おっと、魔力を使えない世界のご出身でしたか。それはもったいない。こんな潤沢な魔力、他の世界なら引く手あまたですよ？　本当によりどりみどりで、お好きな世界をお選びいただけますね」

「選ぶって――」

そこで初めて室内を見渡した。壁面は、様々なパネルでびっしりと埋め尽くされていた。見たことのない植生の景色や、奇妙な建物の写真――だが、それらを圧倒する量で、とにかく女の子の顔がパネルの大部分を占めていた。外観もなかなかだったが、内部はさらにゴテゴテしている。

夜の無料案内所かな？

「ここは魂さんの中でも、特に性欲の強い人しかたどり着けない案内所なんですよ」

法被の襟元から、ちらっ、ちらっと胸の谷間を強調してくるお姉さん。

「えーっと、お兄さんのお名前は……見えました見えました。佐久間リュータさん、ですね？」

俺の名前を言い当てたお姉さんは、店内にあったパンフレットをあれこれめくりながら、

「性欲が強くて、魔力もメチャクチャ凄い……と。うーんどこがいいですかねぇ。戦闘とか興味あります？　財宝は？……いや、お疲れだったらのんびりできるほうがいいですよね……」

どうやら俺のために『次の世界』とやらを探してくれているようだった。

「お！　来ました、いま良さそうな求人来ましたよ！」

無料案内所なのか職業斡旋所なのか分からないノリでお姉さんは、カウンターに一枚の写真を差し出す。

「……モザイクじゃん」

かろうじて人物が写っているのが判別できるほどの、とびきり濃いモザイクの写真。

「あー、あちらからの呼びかけがイマイチ弱いですね……召喚の魔術。でも術士が未熟なのかなぁ……いいえ、これは環境のせいかな？　ま、とにかく。佐久間リュータさんのような人材を求めているようです」

「魔力が強い人材？」

「はい！　魔力と性欲が強い人材。それも……『牡』をお求めですね♡」

そんな世界があるんだろうか？　牡……ってことは。

「そのとおりです！　たくさんセックスすることになりますねぇ♡　どんな相手かは……」

目を細めてパネルをのぞき込むお姉さん。

「うーん、よく見えませんけども。あとは、『お仕事』を課されそうですね。過酷そうですが」

「げ」

頬がひきつる。今はもうそれがＮＧワードだ。

「前世を考えると迷っちゃいますよね？　分かります、分かります。では、取りあえずお試しに覗きに行ってみますか？　合わなければ戻ってきてください」

「そんなことできるんすか？」

「ええ。『この世界はイヤだ！　この娘とはセックスしたくない！』と思ったら、空に向かって『チェンジ！』とお叫びください。そうすればこの案内所に引き戻して差し上げますから」

「つまり、このモザイクの子に会いに行って、ＮＧだったらまた別の世界を選べると？……そんな都合のいいことが」

「あるんですね〜♡　実は、あなたはそれくらい希有な人材なんですよ。前世では宝の持ち腐れでしたねぇ、持ち腐れ」

「ふ、ふぅん……」

なんであれ、褒められて嫌な気はしないチョロい俺。

「この世界なら、パネルの子だけじゃなく……ええ、そのへんのハーレムなんて目じゃないくらいの大勢の女性とセックス出来ますね！　良かったですね！♡」

そりゃあハーレムなんて男の夢だ。そんな都合のいい異世界転生があるのなら試してみたい。

しかし、どうするか。この案内所は死ぬほど胡散臭いし、俺にとってうまい話にも程があるし、正直不安は大きい。『過酷な仕事』もさせられるらしいし。

けれど――

なぜか、このパネルを見ているとやる気が沸き上がってくる。

顔も分からない女の子。無性にこの子に惹かれている。会ってみたい。

魂だけの存在になっているからなのか、俺の魂に直接訴えかけて来るなにかがこの子にはあるような気がした。

「……行きます。やります」

どうせ死んだ身だ。ヤルだけヤってみよう。そう思った。

「いいですね、ヤル気のある男の人は好きですよ。ご安心ください、たくさんの可愛い女の子とエッチできることは百パーセント保証しますから♡　ではでは、魂お兄さん一名様ご案内！　どうぞ素敵な来世を～♡」

テンション高めのお姉さんに送り出されて、俺の体は光に包まれた。

■　■　■

「ねえラビお願いだから！」

「そうだよ、今度こそ成功するかもしれないし」

昼休みの中庭。

ベンチに座るラビ・ポンパールは、クラスメイトたちからの『お願い』に困っていた。

「うーん、やっぱり学園じゃ無理だよ。ダンサーバニーの里じゃないと……」

「もう一回試してみようよー。『実習』、ずっとお預けなんだよ？　早くしたいよー」

「私も。精霊さんなら、きっと性行為うまいよね？　絶対先生に向いてると思うんだけどなぁ」

友人たちがフラストレーションを溜めている理由は、ラビにもよく理解できる。

ラビたちがこの学園に入って一年以上が経つ。

けれど、生徒たちの望んでいた『実習』は一回たりとも実施されていない。

実習は、この学園の目玉なのに――。

「私の精霊召喚、成功したとしても三日しか持たないよ？」

「三日だけでも……ラビちゃんとシてるとこ、見てるだけでもいいからさー！」

「見たーい！　このまま卒業なんて嫌だし、そもそもその前に学園が潰されちゃうよ」

彼女の試み――精霊召喚は、一度失敗している。他の世界から『精霊』を呼び出すその魔術は、空振りに終わっているのだ。

それも仕方のないこと。本来なら、彼女の生まれ故郷でしか為しえない魔術なのだから。

けれど、目をキラキラさせて左右から懇願してくるクラスメイトの圧力に負けて、ラビはベンチを立ち上がる。

「……試すだけだからね？」

「やったー！」

「さすが委員長！」

喜ぶ友人たちを横目にラビは、深呼吸をしてから両手を胸の前で組み、ゆっくりと目を閉じて祈りを始める。

精霊召喚――ラビたちの一族は、この儀式めいた魔術によって、異世界へと呼びかける。

目的は、パートナー探し。

最良の相手を見つけたら、その対象を『精霊』としてこの世界に召喚する。自分に『子種』を授けてくれるパートナーとして。

ダンサーバニー族。ウサギの耳と尻尾を持つ、獣人の一種。女性しか生まれないこの種族は、精霊召喚によってのみ子孫を残すことができるのだ。

ラビだって、「いつかは素敵な精霊さんと可愛い子どもを作りたい」とは思っているけれど、まさか学生のうちから召喚を行うことになるなんて……。

でも確かに、そんなことは言ってられない。

今この学園に必要なのは、逞しい牡の存在だ。とある事情により、校内には男性が一人もいない。外に人を求めることもできない。

できるとしたら――ラビの精霊召喚だけなのだ。

（やっぱり緊張するな……）

深く息を吸って、儀式を開始する。腰の高さで手を広げ、その場でゆるり、ゆるりと回る。里の大人たちから手ほどきを受けた所作。呼び出す精霊のことを思い浮かべながら、彼女は舞う。

（――どんな人なんだろう）

顔は？　声は？　どんな手をしていて、どんな風に自分の肌に触れてくれるのか……。

（来て、来てください――）

ここではない、どこか遠くの世界へと向かって、魔術の声で呼びかける。

やがて儀式を続けるうち、乗り気ではなかったラビの体に変化が起こる。

（お腹が……熱いっ？）

前回、召喚に失敗したときには起こらなかった変化だ。

下腹部がじわりと熱を持ち、舞に合わせてそれが全身に広がっていく。

目を閉じ視覚を遮断しているせいもあってか、血流の音がドク、ドクと自身の耳に――ダンサーバニーのウサギ耳にも、大きく響いてくる。

（……だ、誰かに見られてる？　精霊さん？　これ……成功しちゃうかもっ？）

何者かが自分の声に応えてくれている――そんな気がする。

急に、激しいほどの期待感が足下から立ちのぼって来る。背中がウズウズとして、頭の中まで沸騰したように熱くなる。

召喚に消極的だったことなど忘却の彼方。いまや、ラビは強く念じていた。

（来て――、来てくださいっっ！）

瞬間、強い魔力の波がラビの全身を打った。

「きゃああっ⁉」

友人たちの悲鳴。

成功の確信を得て、ラビはそっと目を開く――そこには、一糸まとわぬ姿の男性が立っていた。

『彼』は目を大きく見開いて周囲を、そしてラビのことを見た。

「な、なんだここ⁉――あ？　もしかしてパネルの？」

ダンサーバニーの里には女しかいない。そして、この学園にも。

だからラビは、里から学園への旅程で見かけた数人の男性しか知らない。

その男性たちも、女性からの視線を恐れて身を隠してしまうような、頼りない印象だった。実際、それが一般的な『牡』だと友人たちからも聞いている。

けれど目の前の彼は違った。

ラビよりやや年上だろう。黒髪で顔は整っていて、身長は高い。『彼』の首元には、精霊召喚のあかしである首輪が巻かれてある。ベルト状の黒い首輪だ。

体つきはしっかりしていて、筋肉の付き方なんてラビたちとはまったく違う。けれど、怖いなどとはちっとも思わずラビは、ただただ、自分のパートナーとなるその男に見とれていた。

■
■
■

視界に満ちていたまばゆい光が収まった。

「どこだここ？」

青い空。緑の芝生。周囲は、石造りの建物に囲まれている。

そして俺の前には女の子が立っていた。とびきりの美少女だ。ただし、頭にはウサギの耳が生えている。彼女も唖然とした顔でこちらを見ていた。

もちろん初めて見る顔だが、俺は例のパネルに写っていた女の子だと直感した。

着ているのは……制服？　学生か？

彼女は、はたと振り返って、

「せ、先生呼んできて！　その……デキちゃったって！」

「う、うん！」

友人らしい二人の女子学生がすっ飛んでいく。

そういえばさっき、彼女たちが何か叫んでいたような……。

「は、裸⁉」

転生したばかりの俺は、女の子の前でやっぱり全裸だった。そりゃあ悲鳴も上げるだろう。

ここは三階建ての建物に囲まれた、広い庭園の隅っこだ。青空の下、女の子の前で……全裸！

問答無用でアウト。

「いやワザとじゃなくて！　そういう趣味じゃないんだ！」

混乱してうまく言葉が出ない俺の手を、彼女がしっかりと掴む。

「こ、こっちです！　来てください！」

彼女も動転しているようだったが、こんな不審者を恐がっていない。むしろ、俺の手首を掴んで引っ張り、建物の中に入っていく。

入ったすぐのところ、廊下の一角に奥まったスペースがあり、彼女に手を引かれるがままにそこへ飛び込んだ。

廊下とその空間とは、胸の高さまでのカウンターと簡易なスイングドアで仕切られている。

俺は、そのカウンターの裏に背中を合わせるようにして押し込められる。

一応、ここなら人目には付かなさそうだが――。

「見られてたかな……一瞬だから大丈夫そうだけど……ちょっと待ってくださいね……！」

言って彼女は、俺に覆い被さるようにして膝立ちになる。

「うおっ⁉」

どうやらカウンター越しに目と耳――ウサ耳のほう――を出して、辺りを警戒しているようだ。

そんな体勢のせいで、俺の目の前には無防備な彼女の胸元が突きつけられている。

ゆさっと揺れる、豊かな胸。ブレザーの制服越しにでもその豊満さが一目で分かるほどだ。彼女の長い髪から漂ってきた甘い香りが俺の鼻をくすぐる。

「大丈夫そうです。二人が先生を呼んでくるまで、しばらく隠れていましょう。精霊さんの――男性の姿を見たら、みんなパニックになっちゃいますから。……えっと精霊さん、ですよね？　体ってこんなにしっかり見えるものなんですね。お母さん……族長からは、透けて見えるって聞いてたんですけど――」

「精霊？　俺は前の世界で死んで……転生したらしいんだけど。その精霊ってやつじゃないと思うよ」

「えっ？　違うんですか⁉」

彼女は声のトーンを落としたまま驚く。

「じゃあ、やっぱり私失敗して？　どうしよう……確かに体もはっきり見えてるし――」

失敗？　あれ、俺お呼びじゃなかったのか？

生まれ変わったなんていう実感はまだ乏しくて、果たしてここが案内所のお姉さんが言っていたような『素敵な来世』なのかは分からない。

ただ、体はちゃんとある。むしろ生前よりエネルギーが張っているみたいだ。若返っているのか、さらに強化されているのか……「敵なし！」って感じの気分だ。一流のアスリートってこんな気分なんだろうか？

ともかく、これは夢や幻なんていう曖昧な状況ではなく、現実なんだということは強く感じられた。

そしてもう一つ、大事なことがある。案内所での俺の直感は当たっていた、という事実だ。なにせ、目の前の女の子は俺の好みにドストライクなのだ。

誰がどう見ても美少女なルックスだというのは間違いないんだが、ひとつひとつの振る舞いだとか、優しげな表情だとか、声だとか。

そのすべてが好ましかった。めっちゃタイプ。案内所のお姉さん、ナイス！

「なんか俺、迷惑かけてる？　そうだよな、裸だし――」

「あっ、いいいえ！　それは私の精霊召喚のせいなんです。精霊さんとはその……呼び出したらすぐ、…………をするものですし、服は必要ありませんから……」

　歯切れの悪い彼女。

「裸がデフォルトってこと？」

「で、ですねっ」

　照れ笑いをして首をかしげるのも可愛らしい。

「あ、あの。私、ラビ・ポンパールと言います。ラビと呼んでください」

「俺は佐久間――」

　おっと、ファーストネームから名乗ったほうが良さそうかな。

「俺はリュータ・サクマだ」

「リュータさん、ですね。よろしくお願いし――、あ」

　彼女――こんな状況にも関わらず律儀に自己紹介してくれたラビちゃんは、頭を下げた拍子に、あろうことか俺の下半身を直視してしまう。

　薄暗がりでも、今は昼間だ。はっきりくっきりと俺の形が見えてしまう。しかもそこは、さっきラビちゃんの胸をガン見したせいで半分勃起しているのだから……ええ、ごめんなさい！

　俺は下半身もかなり強化されているようで、自分でも驚くほど雄々しい姿で屹立している。

「あう、お、おっきぃ……」

ウサ耳をピンと立てたラビちゃんは、息を呑んで硬直してしまった。

「はう……こ、これは……す、すごい……です♡　は、入るのかなぁ……？　あ、らめ♡……これ、発情しちゃ……んあ……、あ、はにゃ、はぅう……っ⁉」

俺は見られて興奮するような性癖は持っていないはずなのだが、こんな美少女にこんな至近距離で見つめられてしまうと、どうしようもなくムクムクと屹立していく。

「わ、悪い。すぐ隠すから」

しかし、
ようやく俺は首を巡らせ、辺りに何か適当なものでも落ちていないか探そうとする。

「……だーめ、ですっ」

彼女は俺の目を見つめてきて、さっきまでとは違う熱っぽい声で、

「『動いちゃヤダ』――ですよ？♡」

「ッ――⁉」

彼女の言葉を聞いた途端、首元に違和感が走った。

次の瞬間、体が動かなくなる。

息は出来るし、声も出せる。かろうじて首から上は動かせるものの――けれど胴体や手足は、金縛りにあったかのようにピタリと動けなくなってしまった。

「ゆーこと聞いてくれましたね？　えらいですね♡」

ラビちゃんは人差し指で、俺の鼻先を、そして胸元を、お腹を順々につついてくる。

「ちょ、そこはっ――」

そして、無邪気な指先が肉棒の先端に触れる。

「ここ、痛いですか？　イヤ、ですか？♡」

「そうじゃないけど……！　む、むしろ嬉しいが⁉」

蕩けきった彼女の声。明らかに尋常じゃない。

けれど、こんな美少女にエッチにじゃれつかれたら、拒否なんてできるはずもない。……どうせ謎の金縛りで動けないんだしな。ここは素直に触ってもらおう。そうしよう。

――ヌルっ、ヌルッ、ぬりゅっ♡

鈴口から滲み出ていた体液が、指の腹で弄ばれて亀頭に塗り広げられる。

「わー、なんですかこれ？　透明おしっこですか？　お漏らし……ですかぁ？♡」

あどけなくて、甘ったるい声。

「おちん×んから、とろとろ、とろとろ〜って♡　これ、しゃせーなんですか？」

カウパー液に興味津々なウサ耳娘は、勃起ペニスにこれでもかと顔を近づけてきた。

熱しきった俺の怒張に、彼女の吐息が掛かる。

「透明おしっこの射精……ぺろぺろ、いきますね？　せっくすの前、するんですよね？……おくちでじゅぽじゅぽってして、せっくすの準備しますよね？　あー……んむっ♡」

「ちょ――!?」

我ながら凶暴に膨らんだ亀頭。そこに彼女は、ためらうことなく唇をかぶせてきた。ぷるりとした唇に挟まれて、凄まじい快感が腰の奥まで突き刺さる。

「うぐッ――!?」

「んう、ちゅぷ、ちゅぷぅっ♡」

弾力のある唇が、次第に唾液を纏って蕩けていく。彼女は小刻みに頭を上下させて、ひたすらに亀頭だけを刺激してくる。

「んぷっ、ふぇらふぃお、れきてまふか？　わらひの、きもひいいれすか？　んぷ、ぐぷッ♡」

もしかして初めてなんだろうか？

素人童貞の俺は、プロのフェラチオしか体験したことがない。

それと比べるとテクニックは拙く感じるが――でもなぜだろう、彼女のフェラのほうがずっと気持ちが良い。

むず痒くて、蕩けそうで、腰が抜けそうになるほどの快感が纏わり付いてくる。強く吸いつくでもなく、舌を使うわけでもなく、ただ頭を上下させるだけ。歯を当てないという最低限のルールだけを守って、懸命に愛撫してくれている。

聞きかじっただけの性行為を無邪気に試しているかのような動きだが、そのたどたどしさが余計に快感を生んでいた。

「んじゅ、ぐじゅぷ♡――もっろ、たくさん口の中に、入れまふね？　んぐぶッッ――♡」

「そ、そんな深くまで……うぉおっ⁉」

腰の奥まで突き抜ける快感。口腔粘膜に包まれる独特の気持ち良さ。

ここはどうやら学校だ。この建物は校舎で、どこか遠くから女の子たちのはしゃぐ声も響いてくる。そんなロケーションで、制服姿の女の子が熱心にしゃぶってくれて。

「う、ぐ――っ……！」

声を押し殺すのも簡単ではない。

彼女の首の動きが大きくなるたび、頭上のウサ耳も大きく揺れて俺の肌を撫でる。そのくすぐったさに耐えかねて顔を上げると、視線の先には彼女のお尻が。

手と膝を突いて、俺の股間に顔を埋めるラビちゃん。

その突き上げたお尻には、ちょこんとウサギの尻尾が生えている。

特殊な構造のスカートなのか、腰のあたりにスリットでも入っているらしく、白くて丸っこいふわふわの尻尾が、フェラチオの動きに合わせてピクピクっと嬉しそうに動いている。

まるで、小動物から熱烈にアプローチされているような気分。背徳感がハンパない……！

「んぐ、んぐ。ちゅぷっ、……ん、お口っ、気持ちいいですか？　れろれろっ♡　おっきすぎて、あご疲れちゃう……んぢゅっ♡　でも、私も、するの気持ちいれす♡　ンヂュぷっっ♡♡」

単調だった動きが変わっていく。俺の反応をよく観察しているのか、特に気持ちいい部位を捉えて、責め方を工夫してきている。

唇は、ぎゅっとすぼまって肉茎を丹念にマッサージするかのように搾りあげる。

舌先が口内でくるくる回って亀頭を刺激して、たっぷりと泡立った唾液は口淫の快感を何倍にも高めていた。

「はぷ、ぐぽぐぽっっ♡　ぢゅるるッ、んぢゅッ、ぢゅぽっ、ぢゅぽッッ！♡」

「や、やばいって、そんなに速くしたらっ――、ち×ぽ、限界だって……！」

しかもペースが上がるに連れて、スカートの腰が左右に大きく揺れ出していた。

高く突き上げられたお尻。あどけない容貌とは不釣り合いな、豊かで丸いヒップ。ウサギ尻尾の生えたその牝尻が、牡《おれ》を誘うようにぷりぷり淫らに揺らされている。

もしもあの腰をガッシリと掴んで挿入したら――なんて妄想すると、もう駄目だった。

これは射精する。射精しないと、絶対にもう治まらない。

彼女の肌からも甘い牝の香りが立ちのぼってくる。荒い呼吸でそのフェロモンを吸い込むと、また俺は昂ぶってしまって――

お互いもう止まらない。止まれない。口内射精に向けて、突っ走るしかできない。

「――っく、イク！　で、出るッ……！」

「かぽッ♡　かぽッ♡　ぐぷぐぷぐぷっ、んぐ♡　んぐ！♡」

――ビュグゥウウっ、びゅぷッ、びゅぶぅッッ！

「ッ～～～～!?」

涙が出るほど気持ちいい射精。こんな快感、前世では味わったことがない。

堰を切ったように溢れる精液がすべて、ウサ耳少女の口腔内に受け止められる。

――ビュプッ！　びゅぱっっ！　どくどくッ！

「んぶぅッ!?♡　んぐぅうっ……んぐッ！　ぅぷ、ぐぷっ♡」

「ちょ、ま、まだイってるから……！　う、おぉっ!?」

射精の激しさに彼女が硬直したのは一瞬。白濁液をドプドプと送り出し続けている肉棒に、さらに強く吸いついたかと思うと、射精前と同じ上下運動で口淫を再開し始めた。

「えぷっ、グプっ、んぢゅ、んぢゅっっ――♡」

気が遠くなるほどの快感。

唇に誘《いざな》われて、肉棒に残った精液が余すことなく搾り取られる。

「んぅ――……っ、ぷぁっ！　えぅ、ドロドロが、いっぱいっ♡　ンぐっ、ごくんッ♡……ふ、ふぁあ!?　熱い、のど、熱いっ♡　リュータさんのせーし、喉にひっかかる……っ、んぐ、んぐっ、せーし、おいひぃれすっ♡　んぁ、おくちの中もネバネバぁ、グチュグチュっ……ごくんっ♡」

そんな顔で美味しそうに精液を嚥下されたら――射精したばかりなのに、もっと飲ませたくなってしまう。いや、口じゃなくて、もっと――

「……りゅーたさん、交尾しましょっ？♡　こーびっ♡　こーびしたいのっ♡　ねっ？♡　ねっ？♡」

蕩けきった顔。身動きの取れない俺に跨がって、熱い下半身を密着させてくる。

女の子のいい匂い。制服のスカートのひらひらした感触。太ももとお尻のむちむちした弾力に、汗ばんだ肌の瑞々しい柔らかさ。湿ったショーツの奥でじんじんと熱くなっている女性器が、俺の性器に押しつけられて――こんなもの、理性を保てと言うほうが無理だ。

――けれど、本当にいいのか？　彼女の様子は明らかにおかしい。ただ興奮しただけでこんなふうになるものだろうか？　もしも万が一、これが彼女自身の意思じゃないとしたら？

抵抗できない身ではあるが、俺はなけなしの理性をフル回転させて、手を出すのをギリギリで耐えていた。

「……はぅ？　は、はれっ？」

と、彼女の様子がまた変わる。俺の両肩に手を置いた体勢のまま、頭をふらつかせたかと思うと――全身を脱力させ、がくっと気を失った。

「あぶなっ――!?　っと」

間一髪。彼女の意識が飛ぶのと同時に俺の束縛も解かれた。床に倒れるすんでのところで、俺は彼女の肩を抱き留めることができた。

「はふ……ふにゃ？……んんっ」

苦しんでいる様子もなく、呼吸も落ち着いているようだけれど、いきなり気絶するなんてやっぱり尋常じゃない。早く誰かに診てもらわなければ、と考えていると、

「先生こっちです！　こっち！　そこで召喚に成功して！」

「あれ、どこ行ったんだろ？　ラビちゃーん？」

さっきの子たちの声だ。俺とこの子を探してるらしい。

このまま出て行って大丈夫か？

俺の腕の中で気絶しているラビちゃん。俺は相変わらず全裸。こんなところを目撃されたら、ただじゃ済まないかもしれない。こっそり逃げたほうがいいんじゃないか？

……いや、それはさすがに無責任すぎるだろ。今はこの子の身体を診てもらうほうが先だ。

俺は意を決して立ち上がり、

「ここです、こっち！」

声のするほう——庭園のほうへと向かって大きく手を振る。

「わっ、出た‼——じゃなくて、あ、あの人です、ラビちゃんが召喚したのは！」

女の子に案内されて駆けつけてきたのは、二十代くらいの女の先生だった。

「……っ、本当に——⁉」

クールそうな顔を一瞬だけ硬直させたが、全裸の俺を見ても、そして気絶しているラビちゃんのことを発見しても落ち着いていた。

取りあえず、俺のことは一旦置いておくことにしたらしい彼女は、ラビの額に手を当てる。

「見せてください。……ええ、問題ありません。ただ眠ってるだけです」

「良かった……」

「それより、あなたのその姿を先にどうにかしたほうが良さそうですね。……生徒たちへの刺激が強すぎますし」

ですよね。全裸ですしね。

「動かずに」

先生は、片手でラビちゃんを介抱しながら、もう一方の手を窓のほうへとかざす。するとベージュ色のカーテンがひとりでにレールから外れて、俺の体に巻き付いてきた。

「う、おおっ……!? これって魔法!?」

「初歩的な魔術です。……あなた、魔術を見たことは？」

あるはずがない。俺の世界にはそんなものは無かった。

ラビちゃんの気絶は本当に一時的なものだったらしい。小さくうめいて、うっすら目を開ける。

「ラビさん。気がつきましたか？」

「ん……あ、……？ は、はい？」

良かった。フェラチオで絶命なんてシャレにならなさすぎる。償いようがない。

しばらくぼーっとしていたラビちゃんだったが、徐々に色々と思い出してきたらしい。

「す、すみませんっ⁉　私が悪いんです、精霊さん――えっと、リュータさんのことも！　で、ですから先生……っ！」

「落ち着きなさい。事情はおおむね察しています。……ただし、まずは報告が先です。歩けますか？　二人とも学園長のところまでご同行願います」

クールな先生は、俺とラビの顔を交互に見てから言った。

「――これは、千載一遇のチャンスかもしれませんから」

■　■　■

「マジで学校なんだな……」

俺は半ば感心しながら校舎を歩く。

立派な建物だ。建材や造作は中世ヨーロッパの宮殿みたいだが、建物の構造は学校だ。大学じゃなくて、小・中・高と通ったほうの。

その意味では歩いていると懐かしい気分も感じる。こんなに立派じゃなかったが。歴史はありそうだが掃除が行き届いていて綺麗だし、窓辺に花なんかも飾られてたりして。これは金持ちの学校だな……。

しかし、だ。重要なのは建物よりも――

「お、男の人ですわっ⁉」「ようやく性奴隷の先生が……⁉」「でもどうやって」「ねえ、隣歩いてるのって2年生の――」「ダンサーバニー族のお姫様じゃなかったっけ？」「あ、そっか！　精霊召喚だ」「ということは、隣の男性は……そういうことなんですね♡」

教室の窓からこちらを見て驚く生徒や、廊下で俺たちに行き会って、飛び退くように道を譲る生徒。俺たちは完全に注目の的だ。俺はまあ仕方ないとして、隣のラビも。

「うう……」

なぜか顔を真っ赤にして、うつむきがちに歩いている。

「大丈夫？　まだ調子が悪かったら――」

「い、いいえ！　平気でしゅ！」

思い切り噛んでいるが、平気らしい。ならいいんだが。

「そういえば……女子しか見ないんだけど。ここって女子校？」

「女子校というか、学校なので女の子しかいませんよ？」

「？」

どういう意味だろう？　俺としては眼福だからいいんだけど。

ブレザーとスカートの、上品なデザインの制服をまとった生徒たち。

そのほとんどが普通の『人間』じゃない。猫耳が生えていたり、羽が生えていたり。竜の尻尾を揺らすやたらと体格のいい子もいれば、不思議な髪色の子も。

あっちの美少女は……エルフか？

色んな種族の女の子がいっぱいだ！　しかも、種族差で顔つきや体つきに違いはあるものの、みんな可愛いし、すれ違う先生たちも美人ばかり。

「どうしたんですか？　うっすら涙を浮かべて……」

「ちょっと感動して」


――たくさんの可愛い女の子とエッチできることは百パーセント保証しますから♡

案内所のお姉さんの言葉を思い出す。これは本当に最高の異世界転生なのでは？……いやいや、まだ油断できないな。『過酷な仕事』もセットになっているらしいし。

「こちらです」

そうしていると、重厚な木のドアの前で先生が立ち止まった。

ここが学園長室――この学園で一番偉い人の執務室だ。

「連れて参りました。失礼します」

ノックしてドアを開ける先生に促されて入室する。

シンプルだが格調高い雰囲気の室内。右手の壁面には書棚が備え付けられてあって、その手前には応接用のソファとテーブルのセット。

部屋の中央、俺の正面には大きな執務机が鎮座している。

「うむ、ご苦労じゃった」

窓のほうを向いている回転椅子に学園長は座っているらしく、こちらを向かないまま声だけで応えた。

しゃべりかたは大仰だが、声は若い……というより、若すぎるような？

「ダンサーバニー族が呼び寄せた精霊、か。よく来たな。この世界に」

ギィっと椅子の軋む音とともに、学園長が振り向く。

「ん？　生徒？」

「あの人が学園長ですよ」

ひそひそ声でラビちゃんが教えてくれる。マジか。

大きな背もたれの椅子に深々と座っていたのは、狐耳の女の子だった。黄金色の尖った三角耳。その耳と同じ色の長い髪は毛先が跳ねていて、大きなツリ目と相まって気の強そうな雰囲気を醸し出している。

ただ、体はちっこい。全身が、大きな椅子の背もたれに埋まってしまっている。

彼女は俺を見ると、狐の耳をピンと立たせ、

「ほほう、これは良い牡っぷりじゃの！　ラビよ、良くやった！」

狐少女は上機嫌な声で言うと、引率してきた先生のほうを見る。

「あとは妾から、ラビとこの精霊に話しておく。そちは生徒たちがいらぬ動揺をせぬよう、対応を頼む」

「承知しました。それでは——」

うやうやしく一礼して退室していく先生。冗談でも何でもなく、このちんまい狐少女が本当に学園長ということらしい。ちっこいくせに。

……確かに、生徒たちにも様々な種族の子がいた。この世界、身体の大きさだけで年齢は判断すべきじゃないんだろう。

改めて彼女を観察する——巫女服によく似た服だが、襟や袖口には上品なフリルがあしらわれている。小さな体格に似合わないのは、その巫女服の襟から谷間が見えるほどの胸と、モフモフした大きな尻尾だ。尻尾だけが椅子に収まらずハミ出している。

「さて。精霊よ——妾がこの学園の長、テレジア・ヨルディスじゃ」

椅子からぴょんと飛び降りると、デスクを迂回してこちらに近づいてくる。動くと余計に可愛いな、この学園長ちゃん。

「で、その精霊のことはなんと呼ぶべきかな？」

「あ、俺リュータ・サクマです」

「？　名があるのか？」

「⁉　あるのかって言われても」

「あの、そのことなんですけれど学園長――」

ラビちゃんが、事の次第を説明する。

昼休みに中庭で精霊召喚を行ったこと。以前に一度は失敗したことがある精霊召喚。けれど今日は、何も特別なことをしていないのに、なぜか成功したこと。そして現れたのが俺だった、ということ。

学園長はおおまかに事情を聞いていたようだったが、俺も召喚前の経緯を知れたので助かったし、実際、そういう目的もあるようだった。

「ふむふむ。それで召喚後の『発情』が災いした、と？」

「うう、そうなんです……」

学園長に水を向けられてラビちゃんは、恥じ入って耳をペタッと垂れさせた。

ウサ耳の長さもあって結構身長があるようにも見えていたが、ラビちゃんは俺より頭ひとつ分くらい背が低い。というか、今の俺の身長が高いのか。

「もともと私の一族は精霊さんを召喚して子作りを行うものでして……召喚後にすぐ性交するために、自我を失うほどの発情が襲ってくるんです。暴走発情期とでもいうか……」

あー。それでさっきはあんな状態だったのか。

「記憶もしっかり残っていて、その……ご、ご迷惑を」

「迷惑なんて、そんな」

あれが彼女にとって嫌な行為じゃないなら、俺にとってはただの役得でしかない。転生にあたっての最高の洗礼だった。今でも、思い返すだけで股間が膨らんでしまうくらいに。

「ラビよ？　大事な説明を一つ抜かしておるな？」

学園長ちゃんはニヤニヤと笑って、ラビちゃんに説明を強要する。

「は、はい……発情するのは、自分の理想の相手に出会ったときだけで。普通は一回の召喚じゃそんな相手に巡り会えないから、何度も何度も召喚を繰り返すんですけど……」

観念したように話すラビちゃんは、もう首元まで真っ赤だ。

「つまりじゃ、リュータよ。そちは、このラビにとっての運命の相手ということじゃな。外見も、フィーリングも……そして何よりセックスの相性が、のう？」

「——もしかして、それって学校のみんなが知ってることなんですか？」

「一般的な知識じゃな」

なるほど、校舎をここまで歩いてくる最中、妙にラビちゃんが恥ずかしがっていたのはそのせいか——全校に向けて『隣のこの人が私のタイプです』って言いふらしていたようなものだ。

……っていうかそれ、俺もムチャクチャ照れるんだが？

前世より若返っているみたいだからラビちゃんとの年齢もより縮まっている。タイプとか言われるとその気になってしまいそうだ。

「あれ？　でもそういえば『失敗』って……」

俺を呼び出した直後、召喚に失敗したと彼女はつぶやいていた。ダンサーバニー族という名の種族である彼女は、精霊を呼び出すつもりだった。でも俺はそんな上等なものじゃない。

「そこじゃな問題は。どう見ても受肉しておるよな？」

学園長の言葉に、呼吸を整えたラビちゃんが深刻そうにうなずいて応じる。

「私たちダンサーバニーの魔術では、生きたものは召喚できません。できるのは精霊だけ――そしてこのリュータさんには、前世の記憶があるようなんです」

「ほう――」

さっきまで冷やかすような調子だった学園長ちゃんが、急にまじめな顔になる。俺は促されて、さっきラビちゃんに話したような、転生に至る経緯を話して聞かせた。

「やっぱり俺、マズかったっすか？」

「いいや。むしろ妾たちにとっては僥倖じゃ。通常精霊召喚が有効なのは、ダンサーバニー族と子作りをする三日三晩のあいだだけ。ほとんど魔力の集合体といった、曖昧な形でしか存在できんのじゃ」

俺たちの周りをトコトコ歩きながら、巫女服ドレスの学園長ちゃんが説明する。

「しかしそちは受肉――つまり、こちらの世界での肉体を獲得しておる。存在するために魔力の供給は必要かもしれんが、肉体という安定した器を持っておることで、永続的な召喚が可能かもしれんのじゃよ」

おお、俺は三日だけの命だったのかもしれないのか。

つーか三日三晩子作り？　ウサギは性欲が強いなんて言うけど、こっちの世界のウサ耳娘は格別なのかもしれないな。

「でも、学園長ちゃんたちにとっても俺がいることで良いことがあるんですか？」

「『ちゃん』？　まあ良い、好きに呼べ。——それより、今この学園はピンチなのじゃ。このままでは廃校になる。悪辣な女王のせいでの」

「女王？」

「あの性悪女は学園のとある授業を目の敵にしておる……！　それも、私利私欲のために！」

ぐぬぬ、と歯がみする学園長ちゃん。

「妾たちは、その『授業』を強行するためにこの一年間、奔走してきた。先に試した精霊召喚もそのためじゃよ」

ラビちゃんも、こくこくとうなずいて肯定している。

「精霊が必要なんすか？」

「いいや、そうではない。立派で逞しい、牡の中の牡が必要なんじゃ。……そこでリュータよ。そちに折り入って話があるんじゃが」

学園長ちゃんは歩き回るのをやめて俺の前で立ち止まると、右手に持った扇で俺のことをピシリと指して言った。

「その牡としての能力を活かして――この学園の『性奴隷』になってみぬか？」

「は、はい？　性奴隷？」

「うむ、性奴隷じゃ」

聞き間違いじゃないのか……。

自信満々に答える学園長ちゃん。隣のラビちゃんも否定しない。

風向きがおかしくなってきたぞ？　案内所で言われた『過酷な仕事』って、このことか？

奴隷――絶対にとんでもないことをさせられるだろう、これ。

奴隷になんてされたら、前世以上にブラックな労働環境が待っているに違いない。しかもこの世界には『魔術』も存在する。俺は、彼女たちに抵抗できる気がしない。

せっかく会えたラビちゃんと別れるのはつらいが……。

どうする、転生時に言われた『チェンジ』権を行使してみるか？　逃げるなら今なのでは？

――よし！　そうしよう！

「生徒たちに性行為を教える『性行為実習』。その講師として、つまり『性奴隷』として働いて欲しい」

「チェン――っ、……。……え？」

「男の肌に触れたこともないウブな乙女たちに、セックスの淫靡な楽しさと、めくるめく快感を教え込んで欲しいんじゃ」

「い、今なんて？」

狼狽した俺に、学園長ちゃんの代わりにラビちゃんが答えてくれた。

「私たち、性行為実習がしたくてこの学園に入ったんです。でも、性奴隷さんが集まらなくて困ってるんです。勝手に召喚しておいて申し訳ないんですけど……もしリュータさんさえ良ければ私たちにセックスを教えていただけないかなと……」

モジモジとはしているが、冗談を言っているような気配はない。

「そういえば今なにか叫ぼうとしておらんかったか？　足下が消えかかっておるような――」

チェンジが発動しそうになってる？　マズい！

「キャンセル！　『チェンジ』なしで!!」

慌てて空に――天井に向かって叫ぶと、消えかかっていた俺の足が元に戻る。

「ふー、セーフか」

「なんなんじゃ？」

「いえ、理性に欲望が勝っただけです――」

危ない危ない。奴隷という響きにはまだ一抹の不安が残るが、まだもう少しこの新しい仕事のことについて知りたい。

「あの学園長先生様。その性行為実習についてもっと詳しく――」

「！　そうかそうか！　興味を持ってくれるか！　やはりラビよ、そちの召喚は大成功のようじゃったの！　そちも腹を括らんとのぅ……実習が恥ずかしいなどとは、もう言ってられんぞ？　なにせこの牡の『ご主人様』なワケじゃしの？」

「はうぅ……そ、そうなんですけど……っ、あ、あの！　私そろそろ午後の授業に行かないとですので！　し、失礼します――」

ラビちゃんの中で恥ずかしいメーターが振り切れてしまったのか、脱兎のごとく学園長室から去っていった。

「まあよいわ。二人きりのほうが都合の良いこともあるしの。リュータよ、そこに座るがよい」

促されるまま、応接用のソファに腰を下ろす。学園長ちゃんも向かいにドカッと深く座って、

「さてさて。色々と説明してやりたいところじゃが……そのためにもまずはそちの話を、もちっと子細に聞かせてはくれんか？　特に死後の世界――案内所とやらでのことを」

求められるがままに、俺はあの謎空間のことでのことを伝える。

ただしチェンジのくだりだけは伏せておいた。

あれはこの未知の世界における俺の唯一の抵抗手段だ。この小柄な学園長ちゃんがいつ牙を剥

くとも限らないからな。切り札は取っておかないと。

　話の中で学園長が主に興味を持ったのは、俺の魔力と性欲が豊富だということだった。

「そちのおった世界がどうかは知らぬが、こちらでは牡が圧倒的に弱いのじゃ」

「弱いって、性欲が？」

「魔力も、すべてがな。魔力はこの世界においてもっとも重要なものじゃ。魔力は肉体を強化し、精力にも変換される」

「肉体――戦いにも強くなるとか？」

「まさしく。魔力で男は、女に絶対に敵わぬ。学校とは、その魔力の扱い方を学ぶための施設、というのが第一じゃな。魔力をほとんど持たぬ男性には無用の施設」

「じゃあ生徒って――」

「むろん、女子しかおらん。教師もな」

　この学園に男は俺一人なのか。確かに一度も男を見かけなかったな。

「セックスでも魔力は重要じゃ。魔力は精力の源。その魔力を性行為に上手く活かすことで、より気持ちの良い性交を体験できる。……そのせいなのか、それとも元々なのかは分からぬが魔力の無いこの世界の男たちは、性欲がほとんど無い。性行為には消極的じゃ。セックスなど、女に種を搾られるだけの行為だと思っておる――」

　学園長ちゃんはため息をついてから、

「ゆえに、性奴隷を集めるのも簡単ではないのじゃ。選りすぐった牡に、さらに期間を三年だけと区切って依頼し、なんとか引き受けてもらえる、という具合での。いくら金を積もうと、なかなか上手くいかん」

「……もったいなさ過ぎる」

「そう思うてくれるか、じゃからそちの存在は希有なのじゃよ！……ちなみに、ラビや他の生徒を見てどう感じた？　どうしたいと思うた？」

「あー……、えーっと」

「遠慮はいらぬ。そちの価値観で申してみよ」

「すごくセックスがしたいです」

「素晴らしい！」

前世なら通報モノの危険発言だが、こちらではまったく違うらしい。

学園長ちゃんはピョンと跳ねるように立ち上がって、ローテーブルに両手を突いてこちらに身を乗り出してきた。

その勢いで巫女服の胸がぶるんと揺れる。

ブラジャーは付けていないようだ。小柄な体格にも古風なしゃべりかたにもそぐわない、豊かな乳房。巫女服ドレスの襟元からは、そのプルプルした谷間が覗いている。

「ほほう、ここに興味があるか？　さっきからそんなに大きくしおって……♡」

「え、あ――」

性行為実習の話を聞いてからというもの、下半身に血が集まって勃起してしまっていた。こうして座ると、簡易ローブ――カーテンを巻き付けただけの俺の服は、肉棒の屹立を抑えることが出来ず、パンツもはいていないから学園長ちゃんから見えてしまっている。

「おっと、隠す必要はないぞ」

しかし気を悪くするどころか、彼女は嬉々として、

「妾が用意した性奴隷たちは、若い女を見ても反応するどころか落ち込むような輩ばかりじゃった。子作りではないセックスを承諾するだけマシではあったのじゃが……しかし、そちは奴らとは比べものにならぬ上等な牡じゃの！」

こっちの男は、もしかしてあまり気持ちいいと感じないんだろうか。だから遺伝子を残すため以外の性交に興味がない、と。

「そういえば、こっちの世界でも避妊具ってあるんすか？　ああ、そういう魔術があるとか」

「む？　おお、そこも違うのか。そちのおった世界では魔力自体が認識されておらんかったんじゃな。――妊娠はせんよ。女にその意思がなければの」

「……？」

「妾たちの胎は――」

学園長ちゃんは、行儀悪いことにテーブルの上で膝立ちになって、自分の下腹部をさすってみ

せる。

「この世界で牝の子宮は、生まれたときから魔力によって守られておる。たとえどれだけ大量の精液が注がれても孕むことはない。しかし、牝の側で許可したときは別じゃ。子宮内にある『魔力の結界』をみずからの意思で外し、牡の種を受け入れることで子をなすのじゃ――」

ぐい、と見せつけられる袴の下半身。

その奥に隠されている秘部のことを想像して――また股間が膨らんでしまう。

「よりよい受精、よりよい妊娠のためにも、性行為実習は大切な役割を果たす。孕むことのできる肉体まで育った若い牝は、性行為を学ぶべきじゃ。それも、楽しく気持ち良く……な。そうでなければ意味が無い」

頭の中に生徒たちの顔や身体が浮かぶ。

まずはもちろんラビちゃん。彼女の友達。そして校舎で見かけた大勢の女子生徒たち――。

この仕事を引き受ければ、俺は彼女たちにセックスを教えることになるのだ。そう考えると、勃起した肉棒がズクズクと脈を打つ。

「その逞しいものを見せつけたのか、召喚直後のラビに……♡　そんなもの、ダンサーバニーでなくても発情してしまうぞ？　まったくけしからん……♡」

いつのまにか妖艶な雰囲気を纏っている狐娘に、テーブルの上から見下ろされて背筋がゾクゾクっと震えた。

「安心せい、正気を失うほどの発情をする種族は限られておる――いや、それとも襲って欲しいのか？　ふふ、まあ近いことはしようと思うておるがな？♡」

「は、はい⁉」

「まじめな話。妾はそちのことを試さねばならん。本来、性奴隷はクラスに一名、合計で十二名用意しておったのじゃ。その代わりを務めてもらうには生半可な精力では不足じゃからな」

俺を襲うための言い訳――ではなさそうだった。その話は真実のようではある。

でもそれはそれとして、俺のことは襲うらしい。

「う、をっ⁉」

不意打ち。彼女の視線に釘付けになっていた俺。その下半身に、狐尻尾が迫っていた。布の隙間からするりと入ってきて太ももを撫でる。

――くしゅ、くしゅくしゅっ♡

「く、くすぐった――」

思わず腰を引くが、尻尾はそれを逃がしてくれない。柔らかくもしっかりとした黄金色の毛並みが、俺の右足、皮膚の薄くなっている内腿を撫でまわす。

まるで別の生き物みたいに動く、フサフサの動物尻尾。

「んん？　どうした、もっと奥まで撫でて欲しいか？……仕方のない牡じゃのう♡　ゆくぞ、陰嚢を包んでやる……ほれっ♡」

――さわさわっ♡　くしゅぅっ♡

「～～～ッ⁉」

「こうして陰嚢を丸ごと揉んで……強い精子を作るんじゃぞ？　魔力の詰まった活きの良い精子をペニスに送り出せ♡　くしゅ、くしゅ♡　……ふふ。尻尾の芯、分かるか？　ちゃんと筋肉を感じるじゃろう？　次はこれで、その太い肉棒をしごいてやるからな？♡」

俺はさっきみたいに金縛りに遭っているわけじゃない。なのに動けない。

動きたくないんだ。

尻尾での愛撫なんて経験したことがない。あるはずもない。

けれど発情したケモ耳娘に『牡』として認識されて、劣情を直接ぶつけられて、肉体の一部で弄ばれるのが――こんなに気持ちがいいなんて。これはハマる。絶対にハマる。

――しゅるしゅるっ、しゅるぅっ♡

宣言通り、狐の尻尾が俺の男根にぐるりと巻き付いてくる。下半身の布はほとんどはだけている。しゅこ、しゅこっと強く扱きながら、学園長ちゃんの尻尾は俺の勃起ペニスを査定しているようだ。

「こんなに太く長いとは。妾の知る限り……いやいや、この学園の歴史上、ここまでの牡はおらんかったじゃろうな。サイズは文句なしに合格じゃ。形も……うっとりするほど凶暴じゃのう♡

さて、魔力のほうはどうか――」

言って、学園長ちゃんは袴の帯に手を掛ける。まさか!?

シュルシュルっと衣擦れの音。尻尾を避けた形状の袴は、そのまま脱げ落ちる。下着は付けていない。露わになったのは、無毛のツルツルとした下腹部。

「おっと、誤解するなよ？　生徒を差し置いて妾が先にそちの肉棒を味わうわけにはいかんのじゃ。……しかし、魔力を感じるには粘膜接触が最良でな♡」

膝歩きでテーブルからソファに移動し、そのまま俺の下半身に跨がってきた。

狐尻尾が勃起ペニスの角度を調整する。学園長ちゃんの身体に近づくように。そして彼女は、指で自分の大陰唇を開いて、蜜で潤ったピンクの肉びらを見せつけてくる。

「ま、まさか」

――ピトっ♡

俺の肉幹に、濡れ粘膜がキスをする。

「狐尻尾と、狐マ×コのサンドウィッチじゃ♡――こうして、根元から先端まで、そちの性器を確かめさせてもらう……んっ♡」

体重を掛けた素股。絶妙な密着具合で腰をヘコヘコさせて、まるでマーキングでもするかのような動きで俺の肉棒を刺激してくる。

睾丸で生み出された精子が、ぐぐぐっと尿道をせり上がってくる。

「お、射精したくなって来たか？♡　これがそんなによいか？♡」

「き、気持ちいいっす……！」

「どんなふうに？♡」

「——ッ、し、尻尾のモフモフがカリ首をさわさわしてきて、学園長ちゃんの柔らかに肉がち×ぽに貼り付くみたいで……ッ、う、ぁっ！　う、裏筋にキスされると、もう——ッ」

彼女の動きに合わせて自分の腰も情けなく上下して、ねだってしまっている。こんな小柄な狐娘にいいようにされているのに、もっともっと快感を得たいと求めてしまっている。

「挿入はナシじゃが、しかしせっかくの射精、牝の性器に浴びせたいよな？♡」

俺は荒い息で苦しみながら、かろうじて首肯する。

「が、学園長ちゃん……胸が」

素股で動く彼女の服は乱れて、やはり下着を着用していない胸元は乳輪まで見えている。

「……ここが見たいのか？　よいぞ、ほれっ♡」

自分でグイっと襟をはだけさせる狐娘。

ぶるん、と大きな乳房がこぼれ出る。健康的な肌に、綺麗な桜色の尖端。両腕で押さえつけて、俺に見せつけてくる。それはもはや凶器だ。

「いやらしい目で見おって……本当に淫らな牡じゃな♡　これ、そちも脱がぬか」

彼女の手で全裸にされて、ギュッと抱きつかれる。

裸と裸。生まれたままの姿で抱き合った。小さなメス狐を抱きしめて、腰を振り、性器を擦りつけ合う。背徳感で頭がおかしくなりそうだ。

「このまま疑似交尾で射精しろ♡　たっぷりと魔力を込めて精液を吐き出せ♡　んっ、ん♡」

――にゅこ、にゅるッ、にゅぢッ♡

無垢な淫裂からは粘っこい蜜が漏れてきていて、それが俺の透明汁とも混ざって、密着部を滑らかにする。

学園長ちゃんの呼吸も激しくなってきた。俺の左肩に小さなあごを乗せて、

「ンっ♡　ふっ、ふッ♡　出せ、出せっ♡　そちの……リュータの本気射精を、妾の女陰に浴びせておくれ♡　逞しい牡の、本気の精子を♡♡」

「うぐ、ぁッ、ほ、本当に出るっ、このまま――ッ！」

「かまわぬ♡　出せ出せっ♡　妾の尻尾マ×コと狐マ×コを、どろどろの精液で汚してしまえ♡

射精しろ――イけ、イけっ♡♡♡」

――にゅこにゅこにゅこッ♡　ぬぢぬぢッ♡　ぬぢゅんッ♡♡♡

「ぁあっ、で、出るッ――！」

――どぷぅッ♡　びゅぱッ♡　ビュパっっ！♡

狐娘の身体を強く抱きしめながら、俺は精を吐き出す。

「おおっっ♡　あつい♡　とびきり熱い精液じゃっ♡　んぉ♡　こんなに濃いとは……っ！♡」

尿道口から噴出した白濁液は、すぐに狐尻尾に吸収されて、その高貴な毛並みをベチョベチョ

にしてしまう。

だがそれで素股の密着が弱められるどころか、むしろ、尻尾への射精を促してくる。

「そうじゃ♡　妾の尻尾を孕ませるつもりで最後まで出せ♡　勃起ペニスを脈打たせて……精を出し切れ♡」

――どくどくッ、どくぅッ♡　びゅくっっ♡

射精の快感に腰が震える。そして、俺に跨がっている黄金色の美獣も一緒に痙攣する。

「んっ、おっ♡　妾の陰核と女陰も、精液を浴びて気持ちが良いぞ♡　んぅ♡　お♡」

――びゅ～～ッ、びゅっ、びゅぅっ♡

挿入していないのに、とてつもない満足感だ。

自分の『牡』の部分が受け入れられているという悦びと、ケモ耳娘とはしたない行為に及んでいる興奮とがぐちゃぐちゃに混ざって、俺の中の常識が壊されていく。

「を、ぁああッ……！」

「ふふ、我慢が足らんな、生徒たちの膣はこんなものではないぞ？♡」

熱い吐息を耳元に吹きかけられながら、俺はアクメの余韻に浸りきっていた――。

「よい射精っぷりじゃったが、まだ特訓は必要じゃな」

素股でのチェックを終えた学園長ちゃんは、衣服を整えながらそう言った。

俺も彼女も、体液で汚れた箇所はもう綺麗になっている。学園長ちゃんの魔術——水魔術と風魔術らしい——を使って、すっかり洗体されていた。

「うう、俺情けなかったっすか？」

性奴隷として訓練が必要ということは、俺は及第点に達していないということだろう……。

「言い方が悪かったか。リュータよ、普通の性奴隷と比べれば——いいや、比べるまでもなくそちは最上じゃ。ただし、そちにお願いしたいのは『全校生徒の相手』じゃからな」

そういえば、本来は十二人の性奴隷を用意してたって言ってたな。

「そちには不足する性奴隷全員分の働きを期待しておる。『普通』では困るのじゃよ」

「生徒って何人いるんですか？」

「在学しておるのは二年生と三年生、合計で二百名じゃ。性行為実習が実施できないために一年生の入学が差し止められておるが……もし、そちの働きで晴れて入学が許可されれば、全部で三百名となる」

「さ、三百……！」

驚愕する俺に、テレジア学園長ちゃんは試すような目線を向けて言う。

「どうする？　受けてくれるかこの仕事」

過酷な仕事。この学園の——異世界の女子生徒たちの性行為を教える仕事。まあ確かに、肉体的にはキツいだろう。

けれど――ヤるしかないよな？　っていうかヤリたい！

「ヤります、ヤらせてください！」

こうして俺はこの学園の性奴隷として就職することになった。まずは見習いから――。

■　■　■

「夜の学校こわ……」

性奴隷用の宿舎――通称『性奴隷小屋』。

支給された半袖長ズボンの質素な部屋着を纏った俺は、この新しい住居の、鉄格子が嵌まった窓から真っ暗な景色を眺めて独りつぶやいた。

学園長ちゃんに素股で性奴隷としての適性を査定されたあと、保健室に連れて行かれ、そこでも色々な検査を受けた。受肉している俺の身体に不具合がないかのチェックだ。

――結果は問題なし。健康すぎるほどの健康体とのこと。

で、そのあとは生徒たちと接触する機会もなく、この性奴隷宿舎に案内されたのだった。

二階建ての、石造りのアパートだ。

もともと十人以上の性奴隷を迎え入れる予定だったこの宿舎だが、入居しているのは俺一人。

夕方には校舎のほうから生徒たちの喧噪が聞こえてきたり、チャイム代わりの鐘の音が聞こえたりしていたのだが……日が暮れると、しんと静まり帰ってかなり怖い。

辺りには明かりもないし。

ちなみに、性行為の面では前世の常識がまったく通用しないこの世界だったが、共通点も色々あった。

校舎の様子や生徒や教師の服装なんかはほとんど違和感がない。科学は発達していない代わりに魔術が行き渡っていて、生活に困ることはなさそうだ。

他にも、校舎では上履きを使用していたり、この宿舎でも外靴を玄関で脱ぐ構造だったりと、文化的にも馴染みのある側面が多いのはかなり助かる。

「しかしなぁ……男一人ってのも寂しいよな」

学校の敷地はとても広いようだ。

生徒や教師は寮で生活している。この宿舎からは校舎を挟んだ反対側だ。ここからだと、その寮舎を見ることは叶わない。

こっちの男たちは、性欲が貧弱で性行為を拒む傾向すらある。生徒たちとのセックスは彼らにとっては『苦しい労働』だ。だから、こうして大勢の女性たちからは距離を取れる環境の方が心が安まるらしい。そのせいでこんなところに性奴隷小屋は建っているのだ。

満月の夜。しんと静まり返ったこの部屋で、心細い気持ちになる。

「俺も寮《あっち》でいいんだけどなぁ……」

二百人の女子生徒と、数十人の女教師が暮らす寮——くっ、遊びに行きたい！

いやその前に夕飯だ。話では、食事は学園側で準備するから俺は待っているだけでいいと聞いていたけれど——宅配でもしてくれるんだろうか。

——カランカラン
と、来客を告げる呼び鈴。

誰かが食事を持って来てくれたのかもしれない。

俺は玄関まで急ぐ。ドアは二重になっていて、手前は鍵の掛かった鉄格子。ただしこれも『女よけ』の一環で、内側からは自由に開くことができる。性奴隷を閉じ込めるためではなく、女性と距離を置くため配慮された構造だ。

そんな鉄格子の向こうに立っていたのは——

「え、ラビちゃん？」

「こんばんは。遅くなってすみません」

礼儀正しく頭を下げるウサ耳少女。手には食材の詰まった紙袋。肩からさげたバッグにも何か荷物が入っている。

「よろしくお願いします。今夜から私が『性奴隷係』を務めさせてもらいます」

「……係？」

「聞いてませんか？　性奴隷さんの身の回りのお世話をする係です。……男性に不慣れな生徒が、性奴隷さんに慣れるための役職でもあって。男性の大切さを学ぶ機会でもあると」

生き物係みたいなノリか。

普通の性奴隷だったら授業以外で女性と接触したくないだろうが、俺としては助かるばかりだ。

「もちろん、リュータさんさえよろしければ、です。……私のこと、怖いですよね？　お嫌でしたら、こちらだけ置いて帰りますから」

「？　なんで？」

「だって、いきなり召喚してあんなことして――その首輪も」

「え、ああコレ？」

俺の首には、召喚されたときから黒いチョーカーのようなものが嵌められていた。鏡で見ると特に変わったところのない革製の首輪だったが、どうやっても外れない。

「それは精霊召喚の一部なんです。召喚後に暴走しちゃう精霊もいるらしくて。だから召喚と首輪はセットで、召喚主である私はその首輪を通じて精霊さんに命令を下せるという――」

「あの金縛りみたいなことが、いつでもできるのか」

「それ以外にも色々と。だから……」

魔術で主従関係がはっきりと刻まれているわけか――俺はこの子には逆らえない、と。

彼女は、そのことに引け目を感じているらしい。

「ラビちゃんは俺に危害を加える予定？」

「そ、そんなっ！　絶対ないです！……でも、もしまた発情して暴走しちゃったら、エッチなことはしちゃうかもしれませんけど――……、って、えぇっ⁉」

ガチャリ。ためらいなく鉄格子のドアを開く俺に、ラビちゃんが慌てる。

「い、いいんですか？」

快く招かれるとは思っていなかったらしい。

いいも何も、エッチなことなら大歓迎だ。俺をこっちの世界の常識で計らないで欲しい！

「お、お邪魔します……！　お台所借りますね！」

ソワソワしながら入ってくるラビちゃん。ブレザーの制服姿のままだ。

性奴隷小屋は集団生活用の施設だから、台所も広い。

ラビちゃんはジャケットを脱ぐとブラウスの袖をまくって、長い後ろ髪をささっと束ねる。

少し気になっていた部位――頬の横には、俺と同じ人間の耳も見えた。どういう役割分担になってるんだろうか。いつか聞いてみよう。

そして彼女は、持参していたピンクのエプロンを着用し、手を洗って準備ＯＫ。

「本当に全部任せていいの？」

「はい、私お料理好きなんです！」

「っていうか、俺が奴隷なんだよね？」

奴隷じゃなくても、こっちの世界では料理は男がするべき仕事、みたいな常識があるのかもしれないと思ったんだが。

「？　どうなんでしょう。私、身の回りは女性しかいませんでしたし。お母さ……母に教えてもらっていつも料理してましたし。……あ、香辛料使ってもいいですか？　少しピリッとするかもしれませんけど、美味しいんですよ♪」

玄関では恐縮していたラビちゃんだったが、次第に元気になってきた。鼻歌まで歌って楽しそうにすら見える――これが本来の彼女なんだろう。

手伝おうかと申し出てみたが、「すぐに終わりますから」と、ラビちゃんはテキパキした手つきで進めて行く。料理下手な俺が手を出すとむしろ迷惑になりそうだった。

「じゃあテーブルでも拭いておくよ」

台所――といっても業務用の厨房みたいなサイズだが、そこで俺のために料理を準備してくれるウサ耳美少女。

しかも制服エプロンだ。なんだこの幸せな空間は？　新婚さんかよ。たとえ昼間に重労働が待っていようと、これならいくらでも耐えられるな。

「できました♪」

そして食卓に並ぶ手作り料理。

メインディッシュは鶏肉のソテーに、付け合わせにニンジンのグラッセ。新鮮な野菜サラダに、温かなスープ。主食のパンはさすがに寮で出されたものを持って来てくれたものだが、俺には贅沢すぎる夕飯だ。

「あれ、ラビちゃんは？」

「すみません、私は食べちゃって……急な『性奴隷係』だったので、寮の食事はもう用意されていて」

それも謝るようなことじゃない。一緒に食べられたらもっと嬉しかったけれど、殺風景な性奴隷小屋の食堂で、向かいに座ってくれているだけで十分に幸せだ。

「いただきます！」

色々あって――本当に色んなことがあって、ようやくありついた食事。ただ、それを加味しなくても彼女の手料理は最高だった。

「ラビちゃん、天才じゃん！」

「そ、そんな」

がっつく俺の素直な感想に、彼女は照れて頬をかく。

「……あの、リュータさん。その呼び方なんですけれど」

「はぐはぐ……ん？」

「『ラビ』でいいですよ？　ちゃんは、なんだかむず痒いです――」

ラビ……ラビか。うん、呼ぶ俺のほうが恥ずかしい気はするけれど、召喚主さまのご要望には従おう。俺のことも『さん』なんて要らないとは申し出てみたものの、それは逆に恥ずかしいんだそうで却下された。

「ごちそうさまでした！　ありがとうラビちゃん……ラビ！」

「いいえ、お粗末様でした。――食べる勢い、すごいですね！　見ていて楽しかったです」

食後は、拒む彼女を押し切って、食器の片付けは俺が担当した。

「じゃあ私、ベッドにシーツを敷いてきますね」

食材以外の荷物は、俺用の清潔なシーツだったらしい。


俺が洗い物を終えて自室に戻ると、ラビがベッドメイキングを終えたところだった。

「あ、もうお休みになりますか？」

ベッドのそば、笑顔で振り返るラビ。

エプロンを付けた美少女が、こんな夜に自分の部屋にいる。しかも相手は昼間、口淫で射精にまで導いてくれた相手だ――あのときは普通の状態じゃなかったとはいえ、ラビの唇を目にするたびにドキッとしてしまう。

彼女もそのことを思い出したのか、ふいに気まずい空気が流れる。

「わ、私、そろそろ帰りましょうか。お一人でゆっくりしたいですよね……！」

「いやできればもう少し――」

「え？」

女性と一緒に過ごしたがる男性は、本当に珍しいんだろう。この性奴隷小屋だって女性から離れて生活するためのものだ。『性奴隷係』が滞在するのも、本来はごく短い時間なのかもしれない。

「門限とかある？　まだ平気ならラビともうちょっと話してみたいというか」

「寮は大丈夫です！　リュータさんさえよろしければ……！」

微妙な反応だったらどうしようと少し不安だったが、それどころか彼女は嬉しそうだ。引き留めてみて良かった。

部屋に椅子はない。だから自然と、ベッドに並んで腰掛けることになる。話題は……学園のことや世界のことも気になるが、やっぱりラビ自身のことを聞きたい。

「私のことですか？」

「そう。どうしてこの学園に？」

「私の、ダンサーバニーの里はこの国のずっと辺境のほうにあるんです。年中ぽかぽかしていて、とっても良いところなんですよ」

女性しかいないという彼女の種族。特に他種族を遠ざけているつもりはないらしいのだが、彼女たちの里に他の種族は住み着いていないらしい。

他の種族も似たようなもので、種族ごとに生まれ持つ魔力がそうさせているのだとか。生態系のバランスを保つための、無意識の知恵なのかもしれない。大きな街やこの学園のように他種族が共存する空間のほうが例外だという。

ともかく、ラビは女性しかいない環境で育ってきた。

「『学校』って、色んな人がいるじゃないですか。小さい頃に私のお世話をしてくれていた侍女のお姉さんが、この学園の卒業生なんです。とっても楽しかったって」

「侍女?……ラビって、もしかして偉い人?」

「私の母は族長ですから、リーダーという意味ではそうですが――国の王様のような立場とは、ちょっと違うかなと思います」

「そのお姉さんもこの学校の卒業生ってことは、じゃあ……性行為実習も?」

「はい。それも、すっごく楽しくて気持ち良かったって、うっとりしながら話してくれました。私たちって、基本的に精霊さん以外と交わることはありませんから」

「好奇心が沸いた、と?」

「ええ……その、皆の前でしちゃう、っていうのは恥ずかし過ぎますけど……」

実習はクラス単位で行われるらしい。クラスメイト二十五人と担任教師の前で、性奴隷とセックスをする――それがスタンダードな性行為実習。

「私たちは精霊召喚で呼び出したあとは、自分のお部屋に籠もって……するんです。精霊さんに魔力を供給しながら、自分の魔力が尽きるまで眠ることもなく、誰にも会わずにずっと」

その体力も規格外だが――

でもそうか、魔力が精力に変換されるってことは、体力もある程度魔力でカバーできるのか？

そして本来魔力だけの存在である精霊は、ダンサーバニーから魔力をもらえれば存在し続けられるし、セックスを続けられる――。

「ですから、セックスを誰かに見られることなんてないはずで……。だから性行為実習は恥ずかしいなって……」

それでも彼女は、学園生活そのものへの憧れもあって里を出てきたらしい。

「でもちょうど私たちが入学したタイミングで、王様が禁止令を出したんです。国内どこの学校でも性行為実習は禁止だと。『性行為実習は悪い文化だ、男の人も無理やり性奴隷にさせられて可哀想だから』って」

つまりラビたち二年生は楽しみにしていた性行為実習を体験できないまま一年を過ごし、現在に至るわけか。

「じつは三年の先輩たちも未経験なんです。禁止令を出す前から嫌がらせは始まっていて、性奴隷さんが学園に着く前に誘拐されたり――学園長は、かなり抗議したらしいんですけど」

プンスカ怒る学園長ちゃんの姿が目に浮かぶな。

「王様って、女なんだっけ？」

「ええ、女の人です。男王様は、ここ数百年はいませんね」

「女なのに男のことを気に掛けている……けっこう優しい王様なのか」

「それがですね……」

ラビが口ごもる。

「『保護』という名目で王宮にたくさんの男性を囲って、毎日、性行為に耽っているらしくて」

「自分はハーレムを楽しんでるってことか？」

「若い女の子たちには性行為の気持ち良さを覚えさせず、王様やその側近だけで独占するつもりみたいです」

「それでよく反発されないな……いや、そんなことないか」

「はい。禁止令が出ても実習を行おうとしている、この学園こそがその反女王派の急先鋒です。同じ考えの人たちに支えられて、学園はなんとか運営されているんです」

男性保護という適当な建前のもとに強行された性行為実習禁止令。

裏ではハーレムを楽しんでいる女王様。

学園長ちゃんたちはこの学園での性行為実習を成功させることで女王様に一矢報いて、禁止令を撤回させようとしている――

そこで性奴隷として見初められた俺って、かなり責任重大なんじゃないか？

「でもそれじゃあ、ラビも『性奴隷係』なんかに選ばれて大変だったな。色々と注目を浴びるだろうし、ラビ自身、実習が好きじゃないのに」

「――っ！　そ、それはですね……。実は、立候補したんです」

「え？」

「性奴隷さんの、リュータさんのお世話だから……私、やりたいなって思って。怖がられちゃうかもしれないと思ったけど。……やっぱり、来て良かったです。たくさん食べるリュータさんも見られたし、こうしてお話もできて……嬉しい」

そんなふうにはにかまれて、落ちない男なんているだろうか。いや、いてたまるか。

「俺も嬉しかったよ。ここで一人ってのも寂しかったし」

「私、退屈しのぎになりました？」

「時間が過ぎるのをあっという間に感じるくらいには」

「――こんなふうに、男の人と話すなんて考えたことありませんでした。私たちの一族って精霊さんとは子作りのために交わるだけですし――お姉さんの言うとおり、学校っていいですね」

ふいに窓から、月明かりが部屋の床に差した。

「今夜は満月ですね――。精霊召喚が成功しやすい時です。でも前回、召喚に失敗したときも満月だったんですけど。今回は……リュータさんが私の声を聞き届けてくれたから成功したんじゃないかな、って思うんです。きっと一人じゃ無理だった。――私、運がいいですね」

「運がいいって言うなら俺のほうだろ。ラビに召喚してもらえて――あ。俺、消えたりしないよな？」

「ふふっ。きっと大丈夫です。こんなにくっきりと見えてますし。魔力供給は必要かもしれませんが。……念のため、してみますか？　魔力供給……」

彼女の雰囲気と声音から、なんとなく魔力の供給方法に見当が付く。

「魔力って、どこから伝達させるものなの？」

「粘膜が一番効率がいいとされています……ただ、軽く触れるだけでも少しは……」

「手、とか？」

「――はい。あの」

「お願いしていい？」

「も、もちろんです、消えたら困りますもんね！」

「だな、めっちゃ困るしね。俺も、みんなも」

そっと左手を差し出すと、ラビはそこに、そろりと手のひらを沿えてくれた。

吸いつくようにしっとりとした、温かい手のひら。

「お、思ったより恥ずかしいですねこれ……魔力、感じます？」

「じわっと熱は感じるな」

「それ私の手汗かも……！　す、すみませんっ」

ラビは恐縮して手を引こうとするけれど、

「片手じゃわかりにくいな。そっちの手もいい？」

「っっ、は、はい……どうぞっ……」

俺の右手にラビが左手を乗せる。都合、上半身が向き合う形に。

「わかりづらい……ですよね？　リュータさん、魔力を感じない世界の出身ですし。粘膜接触……のほうがいいですかね？　ね、念のため――」

「だな。念のため……」

お互い反応を探りながら、にじり寄りって顔を近づける。

ベッドの上。体温を感じるほどの距離。俺の手のひらの中で、ラビの両手がこわばって熱くなる。

ラビは、んっ、と小さく喉を鳴らして、目と唇をきゅっと閉じた。

首を傾け、俺は唇でラビに触れる。

「んぅっ、――んっ」

瞬間、ラビの体が仰け反るように震える。その初々しすぎる反応に、俺の脳内は沸騰寸前になる。口づけの快感なのか、それともこれが魔力の影響なのか。

「――はっ、ぷぁっ……リュータさん、今度は魔力わかりましたか？」

「かもね。……でも足りない」

「……なら仕方ないですよね、何回かしないと……私リュータさんを召喚した責任がありますもんね。リュータさんが満足するまで、魔力あげないといけませんよね……んっ」

今度はラビから、顎をくいっと上げてキスを捧げてくる。

瑞々しい唇が、緊張に震えながらも俺のことを軽く食む。

「感じますか？」

「――もう少し深く、いい？」

繋いでいた手を離してラビの両肩に沿える。ラビは何かを察して、ごくりと喉を鳴らした。

今度はディープキス。彼女の、薄いのに弾力のある唇に自分の唇を深くあてがって、その隙間から舌先を滑り込ませていく。

「――んぅッ⁉　んむっ、んぅう……♡　はぷっ、ん、れぅ♡」

唾液に濡れた粘膜同士の接触。火照った吐息の交換。いつしか互いの背中を抱いていて、体温どころかしっとりとした汗すら感じ合う距離に。

「れぅっ♡　んちゅっ、ぢゅぷ♡……んあっ♡　私っ、これ、こんなの初めてで……っ、どうしよ、リュータさんっ、私、発情してるときより、もっと……っ♡」

興奮で泣き出しそうにすらなって、ラビは熱っぽい瞳で見つめてくる。

「こんなに気持ち良くて、でも切ないなんて……っ、これが性行為、なんですねっ♡」

キスの勢いでラビをベッドへ押し倒す。彼女の身体は、まったく抵抗なく従った。潤んだ瞳で見上げてくるラビと、彼女の顔の横に手を突いて覆い被さる俺。

「実習前にするのって、反則かな？　怒られる？」

「どうでしょう。でも私はリュータさんを召喚した主人で、魔力を与える義務がありますし……」

これも性行為実習のため。学園のためだ。そんな欺瞞で身を寄せ合う。

「ただ、ひとつだけお願いがあるんです」

少し躊躇してからラビは、

「まだ膣内射精はしないで欲しいです……今日は私、暴走発情期のまっただ中なので……また昼間みたいになっちゃったら――」

この世界の女性に備わっている避妊用の子宮結界。子宮を物理的にも魔術的にも守るため決壊は、精子も無効化してしまう。

結界さえ健在なら絶対に妊娠しない。しかし子作りのために精霊を召喚するダンサーバニーは、召還後は体が勝手に発情して妊娠の準備を始め結界を解いてしまうらしい。

「……ワガママで、ごめんなさい」

俺の興がそがれると心配しているみたいだ。

だがそんなことは問題にならない。

彼女の申し出は、むしろ俺の知っている常識に近い。まだまだ勉強したい、友達と遊びたい盛りで、希望していないタイミングでの妊娠は避けたいだろう。

「挿入自体は大丈夫なのか？」

「おち……おちん×ん入れる体験は、してみたい……ですっ♡」

羞恥心と興奮のせめぎ合いで、赤面どころか汗すら掻いているラビ。

挿入はセーフ、中出しはアウト、か。

「ワガママですみません……っ、あの、リュータさんを困らせるようだったら私――、ンぐっ⁉ リュ、リュータさっ……んむッ♡ あむ、ん、ちゅっ……♡」

こんなワガママを言われたら、俺だって我慢できるわけがないだろう。

「ぷあっ。――俺も、射精我慢するから。ラビの学園生活を邪魔する気はないし。――で、それはそれとして、エッチはしたい」

お互い、ワガママのすり合わせができたところで、キスにも余計に熱が籠もり出す。

「……んぷっ♡ う、嬉しいです……私、初めてなので、優しく教えてくれますか先生っ♡……はぷっ、んぢゅ、ちゅむっ♡」

ラビのあまりの可愛さに、暴走しそうになる自分を必死で押さえつけながら愛撫を開始する。

彼女の唇と舌を味わいながら、右手で胸を。制服のブラウス越し。驚くほどの弾力と柔らかさ。レース生地らしいブラジャーの感触の中から、彼女の突起に当たりをつけて、親指の腹で擦ってやる。

「きゃ、ぁんっ……！♡ あっ、そこ、なんでっ♡ あ、あんっ、ムズムズ、しますっ……！♡」

同じようにして左の胸も愛撫する。両手いっぱいに感じる圧巻のボリューム。

――相手が制服姿の女の子だ、ということを視覚で理解すると、興奮はさらに高まってしまう。このまま服の上から揉み続けて、ラビの初々しいあえぎ声を聞いているだけでも幸せだが、それでも俺は、さらなる官能を求めてブラウスのボタンに指をかける。

「これ、脱がせるぞ――」

ラビは小さくうなずく。

恥ずかしいのか、替えたばかりのまっさらなシーツの上で顔を背けて、自分の手の甲を目に当てて視界を塞いでしまった。

俺は左手をベッドに突いたまま、右手だけでボタンを外す。紺色のリボンタイはそのままに、上から順に。

「ん、……んっ……♡」

一つ外れるごとに、ラビが熱を帯びた声でうめく。

首筋が、鎖骨が、下着のキャミソールが露わになるたびに女の子の甘ったるい匂いが強くなる。

お腹の辺りまでボタンを外してからキャミソールをめくり上げると、髪色よりやや淡い、ピンクのブラジャーが顔を見せる。

レースで装飾されたその下着はサイズが合っていないのか、たっぷりと育った乳房をなんとか押さえ込んでいるといった様子だ。

「……ま、まだ大きくなっちゃってて……あ、あんまり見ないでくださいっ……！♡」

無茶を言う。こんな立派なバストを前にしたら誰だって釘付けになる。

こっちの世界の男はこれを見ても何も感じないのか？　本当にあり得ないな……。

俺は苦しそうな乳房を解放してやるため、右手をブラと胸の間に滑り込ませる。育ち盛りの膨らみに、すべすべした牝肌の感触がたまらない。

手の甲に力を込めて、肩紐ごとブラジャーを一気にずり下ろす。

——ブルンッッ♡

束縛から解放されて豊かなバストが顔を出した。ブラワイヤーが下乳を支えているとはいえ、重力にまったく負けない、瑞々しく張りのある女体の膨らみ。先端の桜色は俺に向かってツンと尖っている。

ラビは、痩せ形とは言えないがウエストは締まっていてグラビアアイドル並みのプロポーションだ。バストはHカップはあるだろう。

ごくり、と生唾を呑み込んで、もう一方の胸もブラジャーを脱がせていく。

「は、ぁう……っ♡」

むずがるラビのセルフ目隠しが余計に背徳感を誘う。

「触るからな——」

両乳の曲線にそっと手を沿わせる。軽く力を入れるだけで沈み込んでいく指。

「い、やぁっ……んっ、んっ♡」

俺はさらに慎重な指使いで彼女の乳輪をなぞる。親指の腹。桜色の円に沿って撫で、ラビの期待を高めておいてから尖端へ。ピンと可愛らしい乳首を、シュッ、シュッとなぞり上げる。

「────ッ⁉　あっ、やっ、やぁっ⁉♡」

ラビは反射的に目隠しを解いてこちらを見る。その視線に、彼女自身の乳首を見せつけて、

「もうこんなに勃ってきた」

「い、言わないでくださいっ♡　あっ、あ♡　自分で触るのと、全然ちがうっ⁉♡」

「へぇ、自分でもするんだ」

「だ、だって……！　ぁ、あんッ⁉　な、なんでっ、こんなに気持ちいいんですか⁉♡あっ、やぁ♡　ち、ちくびっ、コリコリ、コリコリってなっちゃう！♡」

脱がしたてのときよりもずっと勃起した、牝の乳突起。

俺は万が一にも傷つけてしまわないよう、優しく、優しく親指でいじめ抜く。乳頭をぐっと押し込んで──

──ぐにゅっ♡　くりくりっ、くりっ♡

「は、はひっ⁉　おっぱい痺れるくらいきもちいっ♡　あ、あんッ♡」

ラビの背筋がビクビクっとのけ反る。

「軽くイった？」

「――っ、わかりませんっ……！」

「自分でイジることあるんだよね？」

「あ、りますけどっ――、いくの、わからないですっ――」

性欲も好奇心もあるが、達する直前でいつも怖くなってやめてしまってるんだろうか？　もったいない。

「大丈夫。ずっとこうして乳首責めておくから、アクメが来たらちゃんとイくんだぞ？」

「う、うぅっ……、お、ねがいしますっ……ひゃんっ！♡」

一定のリズムで胸を愛撫し続けると、ラビの呼吸は次第に浅く、小刻みになっていく。

彼女も感じてくれているが、これは俺も気持ちがいい。こんな可愛い子の圧巻おっぱいを両手一杯に感じることができるんだから。

「――あっ⁉　くるっ？♡　来ますっ、いく♡　いくの、くるっ！　おっきいの、来ますっ！♡」

まだどこか恐れを感じているかのような切迫した声。シーツを掻き掴む必死な両手。

俺は覆い被さった彼女の体により密着して、安心感を与えながら、

「いいぞ、ラビ、イっていいからな」

「ひっ、うぅううっっ――！♡　……ンッ⁉　いく♡　いくっっっっ……んぁあああッ⁉♡」

胸愛撫で迎える、彼女の初アクメ。快感に全身をこわばらせ汗をいっぱいに掻きながらの絶頂

だ。

「ふぅうッッ！　んぅ、んぁあああっっ！♡――ッ、あ⁉　り、リュータさんっ⁉　だ、だめ♡　いま舐めちゃ――」

俺はバストをぐいっと寄せて、アクメ中の尖りきった快感突起を口に含む。

「ぢゅむッ！　くちゅるっっ――ぢゅぅッッ！」

「や、ぁあああっっ⁉♡　おっぱい、ビクビクしてるのにっ、えっちに舐めないで♡　す、吸われてっ――あッ♡　イっちゃ――またイっちゃう！♡　リュータさんのお口のなかでっ、イっちゃううっっ……あああぁっ！♡♡」

「ジュルルっ、じゅるっっ――」

唇で、舌で、口腔粘膜でたっぷりと味わうコリコリ乳首。ラビが絶頂の衝撃に耐えかねて、俺の頭を抱きしめてくるせいで、顔が彼女の胸に押しつけられる格好になる。

ラビに初絶頂の波を最後まで余すことなく感じるまで、俺はその体勢のまま口から刺激を与え続けた。

「はっ、はっ、はふっ♡　こ、こんな……っ、イクのって、すごいっ……すごいですっ♡」

ようやく腕の力が緩められて、俺も顔を上げる。

ラビの肌は熱い。触れるこっちが火傷しそうなほどだ。

それも、特に――

「なあラビ、気づいてる？」

「……はふ、はふっ？♡　な、なにをれすかっ……？」

眼をとろんとさせて、舌っ足らずな声で、

「気づくって……？」

「腰。動いちゃってるけど」

俺は着ている部屋着は春物で、生地はそう厚くない。

その右脚を、俺はラビの下腹部に押し当てていた。胸愛撫にばかり気を向けていたラビの隙を突いて、彼女の太もものあいだに割って入り、スカートの奥へぴたりと密着させて。

そこから、酷く熱を感じる。

イっているあいだ中、ラビはむちっと健康的な太ももで俺の右脚を締め付けて、無意識のうちに腰を小刻みに上下させていた。

「え、あっ……ちっ、違うんですっ！　ご、ごめんなさ――っ」

脚の力を緩めて、腰を遠ざけようとするラビ。けれど逃がさない。シーツの上で膝を滑らせ、太ももの柔らかな部分でラビの湿ったショーツを探り当てて押しつける。

「――い、いじわるっ、いじわるしないでくださいぃ……っ♡」

着衣越しにでも感じられる、湿った女陰の感触。本人の意思すら無視して下腹部は淫らにヒクついている。

羞恥心さえ捨ててしまえば彼女はその快楽を甘受できる――それなら俺は、そこへ導いてやるだけだ。

「俺の脚で気持ち良くなってもいいからな？　ラビが一番気持ちいいと思えること、たくさんしていいから」

「気持ち……いいこと、私の……お、おま×こ、気持ち良くなって……いいんですかっ？♡」

「ああ。ここに擦りつけて……一番気持ちいいオナニーしていいぞ」

「――――っ♡」

ラビが腰をくねらせる。最初は控えめに、次第に艶めかしく。

「あっ……、あっ……んッ♡」

布越しにでも形が分かるほどなすりつけられる、あつあつの女陰。あどけないのに淫らな色に染まった小さな嬌声。

「んっ、うっ♡お、おま×こ気持ちいいっ――リュータさんの脚で、こんなことしてっ――、あんっ、交尾……っ、私、リュータさんの太ももと、こーびしちゃってますっ♡」

「交尾、気持ちいいか？」

「気持ちいいっ♡　リュータさんの脚と交尾するのきもちいいっ♡　こーびっ、こーびっ♡」

断続的に腰が痙攣して、喘ぎ声の感覚が短く、駆け足になっていく。

「またイク？」

「い、イきますっ♡　イって……いいですかっ⁉　リュータさんの脚と、交尾してイキたいっ♡おま×こイキたいれすっ！♡」

切羽詰まった顔で懇願して腰を早めていくラビ。彼女がスムーズに昇り詰められるように、俺は右脚を動かさないようにギュッと力を込める。

「いいぞ、イけっ――ラビが気持ち良くなるところ、俺に見せてくれ」

「は、いッッ――！　いく、いく♡　リュータさんっ、見ててくださいっ、こーびでいくところ……みてっっっ♡　んやっ、やあああぁぁっっ♡」

ベッドの上でラビの背が弓なりに反って、

「ひぁ、ァあああああっ⁉♡　あッ、あぁッッ――！♡」

あまりの快感に、ぐぐぐっと全身をこわばらせてラビは果てた。

「はーっ、はー……ッ、あ、あぅう……♡」

「――今のは恥ずかしくなかった？」

「は、恥ずかしいですっ……！♡　死ぬほど恥ずかしいですけど……、み、見てるのがリュータさんだから、リュータさんに見てもらえてたから……だから、気持ち良くなれましたっ♡」

大勢に見られたら、と思うと今でも耐えられない気持ちになるらしいが、俺が相手ならいいらしい。……ああもう、可愛すぎるな。

「俺も我慢できなくなってきた――セックスしよう、ラビ」

色気もデリカシーもまったくない誘い文句だったが、ラビは嬉しさを隠しきれない表情でコクコクとうなずいて受け入れてくれた。

俺は部屋着の上下を、そして下着も一気に脱ぎ捨てる。そんな脱衣中の俺をラビはじっと見つめいる。

「俺の体、変かな？」

「と、とんでもないですっ！　その、やっぱり私たちと全然違うなぁって……男の人なんだって。私、これからこの人にセックスしてもらえるんだって思うと……そのっ……♡」

「興奮する？——俺も」

ラビの脚のあいだに割って入る。すると、首を持たせ上げた彼女からは、否が応でも俺の怒張が眼に入る。

「あぅ、そ、そんなにおっきく？♡　触ってもないのに……っ」

あれだけラビの体を愛撫して肌のぬくもりを感じて、あまつさえ気持ち良さそうに絶頂する姿を見せられたら——

こうなるに決まっている。

「俺もラビの体、もっと見たい——」

言って、彼女のスカートの中に手を入れる。制服のスカートをめくり上げると、ブラジャーとおそろいの上品なレースで装飾されたピンク色のショーツが丸見えになる。

そこに指をかけると、ラビは無言のまま腰を浮かせてくれた。遠慮なく俺は下着を脱がせ、右脚を抜かせる。愛液でぐっしょりになっていたショーツは左の太ももに掛けたままに。

途端、牝の香りがむんむんと立ちのぼってきて俺の鼻腔に満ちる。ビクンっと自分のペニスが興奮に跳ね上がるのがわかった。

「――――……っ♡」

ラビは赤面して照れながらも、脚を開いて俺に恥部を晒してくれた。

淡い色の媚粘膜。まだ無垢な肉びらは、けれどしっとりと濡れていて牡を誘っている。

愛液で湿った花弁の上端には、ぴこっと主張している陰核も見える。さっきの擦りつけオナニーでは、ここも存分に刺激を受けて快感を生んでいたらしい。

これ以上の愛撫は必要なさそうなほど淫裂はほぐれているが、俺はまず、肉棒を握って先端だけで触れることにした。

――ぐじゅぅッ♡　ぬぢ、ぬぢゅんっ♡

「――ッ!?　これ、絡みついてくるっ」

腫れあがった俺の亀頭が触れると、濡れた肉の沼はヌトヌトと纏わりついてきた。

「はぅ、やあっ♡　お、おちん×ん……当たってるっ、あ、遊ばないでっ、おま×こで遊ばないでください……っ♡　気持ち良くて、おかしくなっちゃいますからぁっ……！♡」

焦らすつもりはまったくなかったのだが、亀頭を上下させるだけで粘り着いてくる小陰唇の感触に、俺はすっかり夢中になっていた。このまま淫肉を弄ぶだけでも簡単に射精できてしまうだろう――それくらいの快感だ。

「い、挿入《い》れてっ♡　挿入《い》れてくださいっ……！　リュータさんのおちん×ん、おま×こ待ってますっ……！　きて、来てっ♡」

処女とは思えないほどのいやらしい『おねだり』に、頭の中が沸騰しそうになる。

ラビも昼間のような暴走発情状態にこそ至っていないようだが、理性を失う半歩手前といった様子に見える。――確かに、これは膣内射精すると危険かもしれない。

俺は少しでも正気を保つために、大きく深呼吸してから、

「――入れるぞ」

「あッ――!?」

ペニスの角度を変えて、ラビの膣口へと押しつける。

とても俺の男根が入るとは思えないほどの小さな穴。それでも俺たちは、息を合わせて破瓜へと進む。

――グッ、グヂッ、にぢッッ
「行くぞ、ラビっ――」

「はい、リュータさんっ……ぁ、あ、あっ……」

――グヂッ……プヅっっっ

「～～～～ッッ!?♥　ひっ、ひぁアっっ!?♥」

俺の剛直が、処女膜を破る瞬間。さすがにラビは顔を悲痛に歪めた。

ラビの意思とは無関係に、異物を押し返そうとする初めての穴。その健気さに押し負けてしまわないよう、俺も奥歯を食いしばってその場で耐える。ゆっくり、ゆっくり、ラビが荒い呼吸で胸を上下させるのに合わせて、彼女の奥へと入っていく。

「はぁ、ぐッ——、お、おっきぃのが、お、奥まで入ってる——っ、うぅっ」

「ラビ……まだ先端だけだよ」

「う、うそっ……嘘ですよねっ？　あ、あぅう——」

「やめるか？」

「い、いやですっ！　ほ、欲しいです……リュータさんのこと、全部っ——、で、ですから」

「俺もラビを全部感じたい。……奥まで行くからな？」

「ふぅッ、ふぅうっっ……！」

顔を横に向け、ギュッとまぶたを閉じてラビは耐える——ただの強がりだったなら俺も腰が引けていたかもしれない。けれど、ラビの膣穴はすぐに俺に順応し出した。

ペニスを奥へとねじ込んでいくに連れて、拒むようだった肉壁が、ビクビクと震えながらも俺の形に変わっていく。じゅくじゅくと愛液がにじんで、結合部から溢れるほどに。

「わ、悪いっ——ラビの膣《ナカ》、気持ち良すぎて……う、ぉおっ」

――ズブ、ズブんッッ♥

「根元まで、入った……ッ！」

「ひ、んぐぅうッッ……！　リュ、リュータさんっ♥　あ、あッ……わ、私、繋がっちゃってますっ！　リュータさんと繋がってて――♥」

達成感とか征服感とは違う、言いようのない幸福さが俺の全身を駆け抜けた。みっちりとキツい処女穴に抱きしめられて、俺たちは寸分の隙間もなく結合している。

ラビともっともっと深く繋がりたい。渇望に突き動かされるまま、俺はまたラビに覆い被さってキスをする。

「んむッ、はむぅっ♥　れろっ、んぢゅるっ、ちゅぱっ、んぐ♥」

「んぐっ――ラビ、キス上手くなってる？」

「……リュータさんの、真似してみました……♥　えへへ♥……んぷッ、んぅうッ♥」

性行為への適応速度がおそろしく早い。俺が浴びせた愛撫をすぐに自分のものにして、破瓜を経験したばかりなのに膣で快感を味わっている。

「やぁあッ♥　リュ、リュータさんっ、腰っ……♥」

ラビの体に夢中になりすぎてピストンのストロークが大きくなっていた。慌てて俺は謝ろうとするが、

「ち、ちがうんですっ♥……リュータさんが動くと、私の腰も動いちゃって……つ、繋がってる

んだなって、すごくわかって……それが、嬉しくって……っ♥」

いまやラビの膣壁は、腰を引こうとすると縋るように吸いついてくる。最奥へと押し込むと、ぐじゅりと蜜を漏らして悦んでくれる。

こんなに可愛くて淫乱な教え子――いや、召喚された俺にとって彼女はご主人様だ。

「わ、私がごしゅじんさま、なのにっ、でもこうしてると、私がリュータさんのモノになったみたいで……♥　お、男の人って、セックスのときこんなにすごいんですね……っ♥　ンッ、あっ！……抱きしめられたら、体がぜんぶトロトロになっちゃいます……ッ♥」

柔らかい抱き心地。うっとりするような甘い香り。結合部は溶け出しそうなほど熱くて、それでいて心地良くて。耳元で聞く喘ぎ声は、とびきり可愛らしくて。

――俺はほとんど無意識のうちに、目の前にあったウサギ耳に触れていた。

「ひゃんッ――!?」

「うわ、ごめん、ここ駄目だった!?」

「い、いいえっ、普段は何ともないのにっ――!?♥」

いつも無防備に揺れている頭の上のウサギ耳。どうやら、性欲が高まったときには敏感になってしまうらしい。

もう一度、今度はちゃんと断りを入れてから触らせてもらう。

――フニフニっ、ふにっ

外側はシルクのような滑らかな指触りで、内側はふわふわの毛並み。……やっぱりコスプレなんかじゃないんだよな。本物のウサ耳娘と、俺はいま性交渉をしているんだ。

「きゃんッ♥　ひあっ、ひぁあ♥　……うぅ、耳、こんなふうになるなんて……っ」

「くすぐったい？」

「少し――っ、あ、きゃん、やぁあ♥　あッ――、やぁ、だめ♥　お耳コシュコシュしながら、おま×こ突かないで♥　あ、頭もっ、お腹もっ、きもちいいのっ♥　気持ちいいのでいっぱいになっちゃいますッ♥　だめ、だめっ、んぐ、んぅう――ッ、れろっ♥　れぅッ♥」

生挿入の快感。肌の熱さと、柔らかな胸の弾力、乳首のコリコリ感。キスだって最高に気持ちいいし、ウサ耳からの刺激で一段と甲高くなったラビの嬌声も興奮を駆り立てる。

――グヂュッ♥　どちゅッ、ぐちゅんッッ♥

ああ、マズい。肉棒に精液が充填されていくのがわかる。

もう何分も持たない。もっとずっとこの恍惚に浸っていたいのに――。

セックスの幸福感を堪能し続けたいという思いと、抗いがたい種付け本能とがせめぎ合う。

けれど、それはラビも同じだったようで――

――『このまま、してっ♥』

頭の中にラビの声が聞こえた気がした。しかし今はディープキスの最中。口は塞がっている。

――『精液だしてっ♥　赤ちゃんつくろっ？　リュータさんの赤ちゃん欲しいですっ♥』

気のせいじゃない。驚いてラビの顔を見ると、彼女も切迫した顔で俺の首元を見て、

「首輪の魔術が発動しちゃったみたいで――っ」

昼間と同じだ。種族の本能、牝としての欲求が暴走して、精霊召喚に付随する首輪の魔術で俺に命令を下している。

ギリギリで正気を保っているラビは慌てて命令を取り消すが、

「こ、これで……えっ⁉　あっ、リュータさんっ⁉♥」

魔術は解除された。

だが、一度『許可』をもらってしまった俺のほうが欲望に負けてしまった。

腰が止まらない……ッ！

――ばちゅッ♥　ドチュッ♥　ばちゅッ、ばちゅんッ♥

「んっ、んあっ⁉　んおっ♥　や、やぁあっ、あんッ、あんッッ！♥　だめっ、いま出されたら私もっ、赤ちゃん作っちゃう！　だめっ、だめっ♥　種付け交尾だめっっ♥♥」

俺たちは快楽に呑まれて正気を失っていく。

俺はラビの発情した牝穴でペニスを何度も往復させて、ラビは駄目だと叫びながらも俺の首にしがみついて、しなやかな両足で俺の腰にすがってくる。

「ふぐっ、んぐッ！♥　う、うぅッ、あんッ！♥　お、おち×ぽ、気持ちいいッ♥　だめっ♥　おま×こ気持ち良くするの、だめっ！♥　欲しくなっちゃう♥　リュータさんの赤ちゃん、欲しくなっちゃうッ！♥　いく、いく♥　おま×こイクっ――――！♥♥」

さっきの声は他人のものじゃない。あくまでラビ自身の本能が誘惑してきた声だ。

――それならいいんじゃないのか？

このまま彼女の子宮にたっぷりと精液を注いで、孕ませて。学園なんて二人でやめて、俺たちの赤ちゃんを産んでもらって、ラビと一緒に幸せに暮らしていけば――

「……ぐっ、んなわけ、あるかっ！」

俺は自分の声に抗う。彼女の本能がそれを望んでいたとしても、ラビは学園生活を夢見てここにいる。いくら魔術でそそのかされたからって、それをふいにしていいわけがない。

「ラビっ、抜くからなっ――!?」

全身の理性を総動員して、俺は自分の体をラビから引き離す。

ベッドに両手を突いて体を起こし、勢いのままに肉棒を引き抜いた。それは射精の寸前。マグマのような精液が尿道口を押し広げようとしている。

射精する――と思ったその瞬間。

――ばちゅんッ♥

「ふ、太もも――っ⁉」

ラビの両脚に挟まれた。それは彼女の絶頂反応だったんだろう。

ふいに俺の体が離れたことで彼女は脚を閉じてしまい、結果、そこにあった俺の男根を柔らかな太ももで挟んでしまったのだ。

「マジかっ、やば、射精《で》るッ――‼」

とっくに限界を迎えていた俺は、そのまま射精してしまう。

――ぶびゅううううッ、びゅるりッッ！

そのあまりの快感に、とっさに俺はラビの両脚を抱いていた。膣穴とはまた違う、若い牝肉の弾力に圧迫される。

「太ももがっ――！」

さっきラビが俺の脚で絶頂したように、今度は俺がラビの脚と交尾する番だった。ラビのムチッとして柔らかな太ももに包まれて、腰を前後させる。

――ブピュッ、びゅぷッ！ビュグゥっっ！

自分でも信じられないほどの量が出る。肉棒の裏がラビのクリトリスをぬりぬりと擦り、陰嚢が女陰にベチベチと当たる。

「リュータさんっ……！♡　熱いッ♡　せーし熱いっ♡あっ、あっ、おま×こ♡　おま×こイク

♡　またイっちゃう！♡　熱いせーし浴びて、いくっ♡　イクっっっ♡」

絶頂痙攣で跳ね上がるラビの腰を押さえつけながら、太もものあいだを何度も往復させ、疑似女性器の中にたっぷりと精を注いでいく。

――びゅううぅッ、ドクッ、どくどくどくッッッ！

「ふぅっ、んァっ♡　あし、あづいっ♡　おち×ぽでズポズポされてるッ！　ひぁあ！♡」

――びゅくぅっっ……どくっ、どくんッッ
長い長い射精が終わり、こわばっていた俺の体から力が抜け落ちる。俺の拘束から自由になったラビの脚は、こちらもだらしなく脱力して、ぱかっと開かれてしまう。

――ねちょぉッ、ぬぱっ、どろっ……♡

白い内太ももにこびりついた、俺の白濁液。さっきまで挿入していたラビの秘所からは、処女を失った証の鮮血も。

俺の射精は太ももの中だけに収まらず、ラビの胸元や唇にまで飛び散っていた。

「はふ、ふぁああ……っ♡　リュータさんっ……♡」

ラビは熱に浮かされるようにそうつぶやいて、ぐったりとベッドに沈んでいった。

「いや、本当に申し訳ない……！　あんな姿にしちゃって！」

「そんな、私が悪いんです！　発情を抑えられずに魔術を――」

結局。俺たちはラビが性奴隷小屋を訪ねてきたときと同じような状態に逆戻りして、互いに謝罪していた。

もう少しで生徒を孕ませてしまいそうだった俺と、我を失いかけていたラビと。

……ただ、心の中での距離は縮まっていた。

ラビはここに泊まることはできず、寮に帰る決まりになっている。向かい合って立つ俺たちは、離れるのを名残惜しむかのように、無意識のうちに両手を繋いでいた。

ちなみに、体液で汚してしまったラビの制服は、彼女の魔術で応急処置済みだ。完全に落とすにはやはり洗濯は必要らしいが、着るぶんには問題ないほどに綺麗になっている。

ラビは上目遣いに俺を見て囁く。

「ありがとうございました、私のこと気遣ってくれて最後は外で……」

「いや、ホントならもっと早くやめなきゃいけなかったのに」

「それでも、踏みとどまってくれたのはリュータさんが強かったから……！　だから私も召喚主として、リュータさんに見合った立派な『ご主人様』になれるよう、しっかりします」

「俺だって。性行為実習の先生として誘惑にも勝てるようになるよ」

最後は互いに失敗してしまったが、それほど、正気をなくしてしまうほど相性が良かった。その余韻が体から離れず、すぐにでも相手のことを求めてしまいそうなほど、俺たちはまだ火照っていた。

しかし、さっきの調子だとまた歯止めが効かなくなって色々と危険だ。

「私、しばらくは発情しやすいかも……普通は三日三晩ですけど、もしかしたらそれ以上」

「そのあいだはしないほうがいいよな。少なくとも挿入は」

「ですね――。で、でも、あの」

繋いだ手の体温が上がるのがわかる。

「その……それ以外は……、したいです。リュータさんが良ければ、ですが」

いやなわけがない。俺は返事の代わりに彼女を引き寄せてキスをする。

「はむっ⁉……んぁ♡　んっ、ちゅっっっ♡」

あまりイチャついてるとまた自我を失いそうなのでほどほどにしておくけれど。

「学園長先生の試験、頑張ってくださいね。私も性奴隷係として――リュータさんのご主人様として、できることなら何でもお手伝いしますから」

「ありがとう。――何が何でも学園長に認められて、この学園に残らないとな」

「そうですね。リュータさんには、いっぱいいっぱい性行為を教えて欲しいですから。あの、最後にもう一回……んっ、ちゅっ、ちゅむっ♡」

前世では恥ずかしげもなくイチャついているカップルを冷めた目で見ていたけれど、今なら気持ちが分かる。

「これからも俺の性奴隷係、続けてくれる？」

「もちろんです！　あと、それと……もし私が暴走を抑えられるようになったら……そのときは、またしてくださいね……♡」

それは俺のほうからお願いしたいくらいだ。

「あとこれもお願い……いいえ、『命令』です」

「？　どんな？」

制服姿のご主人様は恥じらいながら、その命令を口にする。

「――『いつか、本当に私のことを孕ませてください』……め、命令ですよっ？♡」

首輪は反応しなかった。

「強制じゃないのか……じゃあ命令じゃなくて『約束』だな」

「約束、ですね。……えへへ、照れちゃいます♡　いつか絶対、二人の赤ちゃん作りましょうね……んっ♡」

俺の召喚主であり性奴隷係のラビと――この学園の性奴隷である転生者の俺との不思議な関係は、こうして始まったのだった。

第2章　生徒も発情♡　お嬢さまと性交授業

「今日から性奴隷見習いとして働くことになりました、リュータ・サクマです。よろしくお願いします……！」

召喚の翌日、徒歩五分で出勤した俺は、朝の職員会議で先生たちを前に挨拶をしていた。

俺は、学園長ちゃんの課す特訓――試験をクリアすることで正式に性奴隷として認められ、性行為実習を任される。そうなれば、職員室で各々のデスクに座るこの数十人の先生たちは俺の同僚になるわけだ。

見事に全員が女性。

生徒たち同様に色んな種族がいるから外見だけで年齢を判断すべきではないものの、大半が俺と同世代に見える。転生した俺と同じ――つまり二十代前半から、年上でもせいぜい二十代後半ほどの外見だ。

彼女たちの視線を一身に浴び、緊張しながら自己紹介を終える。リアクションは上々。俺のことを不審げな目で見る先生はいない。みんな朗らかな雰囲気のまま拍手で迎えてくれた。

「ではゆくぞ、リュータ」

会議後は、テレジア学園長ちゃんの先導で校舎を見て回った。

前をいく学園長ちゃんは今日もちっこい。頭の上の三角耳や、モフモフと揺れる大きな狐尻尾。お気に入りの扇を使って、あちこちを指して案内してくれる。先生も生徒たちも、彼女に対しては最大限の敬意を払っているようだ。

「いやー、本当に学園長だったんですね」

「なんじゃ、まだ疑っておったのか？　身長はちーっとばかし低いが、位は高いんじゃぞ？　今は魔力の大半を人質に取られておるからな。このサイズのほうが効率がいいんじゃよ」

「人質……例の女王様にですか？　学園長ちゃんの魔力を？」

「然り。今この学園はな、巨大な結界で覆われておって、妾の魔力はその結界の維持のために動員されておる。——それが女王との契約じゃ。奴の政策に反対して学園で性行為実習を行うことの、それが代償の一つじゃな」

二年前から始まった、女王による性行為実習への妨害。そして禁止令の施行により、本格的に学園は隔離されてしまった。

テレジア学園長ちゃんは古き良き性行為実習の文化を守ろうと、女王様と真っ向から対立しているところだ。

「学園にも結界——っすか」

「うむ。あとで案内してやろう。憎々しい結界じゃし、それを維持しているのが妾の魔力というのも腹立たしいことじゃがのう」

などと話しているうちに、俺たちは目的地に到着した。

「――ここが実習棟。そちのメインステージじゃな」

性行為実習を行うためだけに作られた教室群と、それを収める校舎。

三階建てのしっかりした造りで、各階には広さや趣向のことなる教室が配置されている。

趣向――つまり、様々な性行為に適した構造や、必要な什器類が備えられているのだ。

「ここは一対一での性行為に使われる教室じゃ。他のクラスメイトも見学しやすい構造になっておる」

間取りはごく普通の広さ。

しかし部屋のセンターには円形のベッドがドンと置かれてあって、その周りを囲うように、これまた円形の席が設けられている。

さながら、小型のコロッセオだ。繋がった座席は二段になっていて、ベッドで繰り広げられる『実習』を、どこからでも観戦できる造りになっていた。

「ここは主に処女喪失の実習で使うことが多いな。皆に見られながらの処女喪失、人気の高い授業じゃ」

「マジすか――」

「前も言うたが、生徒たちは性行為実習を求めて入学しておる。本人も、その家族も実習に積極的じゃ。上質な性奴隷との性行為で青春を過ごし、卒業する頃には立派なレディとして旅立つ。……その第一歩が処女喪失。乙女から女になる瞬間。緊張と期待、不安が入り交じる、もっとも思い出に残る授業じゃな。……もっとも、その大事な大事な授業を、見習いながらもすでに実行した者がおるようじゃが――」

「うっ……！」

ニヤニヤと笑う学園長ちゃん。昨晩のラビとの情事のことを指摘しているんだろう。

「別に責めておるわけではない。性奴隷係とそのような関係になってはならぬ、という決まりはない。前例もないがな。……おっと、昨晩のことはラビに聞いたわけではないぞ」

「じゃあ監視カメラ……いや魔術で覗いてたんですか？」

「そちたちのことを見ればわかる。朝、登校してくるラビとも挨拶を交わした。ラビやそちの表情と――なにより、魔力の流れを見れば一目瞭然じゃ。まさか初日の晩にそこまで関係が進むとは思うておらんかったが……性欲の面では、やはり試すまでもなく合格のようじゃの」

言って、カラカラと笑う学園長ちゃん。

お世話をしにきてくれた生徒に手を出して、あわや妊娠させるところまでいってしまったというのにむしろ褒められるなんて――やっぱり凄いなこの異世界。

「実習室か――」

室内を見回して、授業のことを想像してみる。

あのベッドに生徒と二人で上がって、三百六十度から観察されながらセックスをする。ラビにしたように、彼女たちの処女を奪って、射精して――

ラビの気持ちもわかってきた。エッチはしたいけど、ガン見されたら緊張するよな。

「他の教室も見に行くぞ」

学園長ちゃんの案内は続いた。

最初の部屋以外にも、たとえば巨大ベッドで埋め尽くされた乱交用の教室や、ちょっとＳＭチックな妖しい雰囲気の部屋、どれだけ濡れてもいい浴室のような教室。半個室でスタンバイした生徒たちを性奴隷が一人ずつ犯して回るというタイプの部屋は、他人の性行為を音だけで聞いて想像して、興奮度を高めるという趣向らしい。

……前世の学校では、絶っっっ対にあり得ない施設ばかりだ。

「あやつも、数年前まではここで学んでおったんじゃがな」

「あやつ？」

「女王じゃよ」

「女王様……いや、女王も？」

女王に『様』を付けると学園長ちゃんが露骨に嫌な顔をするので、敬称を外しながらたずねてみる。

「ここの卒業生だったんですか？」

「卒業はしておらん。一年と経たずに自主退学したからな。性奴隷実習を誰より楽しんでおったが――性奴隷を独り占めできんことに不満を抱き、退学して自分でハーレムを築きおった。まあ、それ自体は奴の自由じゃが」

「王座に就いたら禁止令、ですか」

「なまじ性行為実習を経験して内情を知っておるだけに、でっち上げの悪評判でもある程度の信憑性を持ってしまってな。……国民にとっても白々しく聞こえる『建前』でも、そこにわずかな説得力を与えてしまうとタチが悪くなる」

そして――と、学園長ちゃんは続ける。

「奴は、その建前を突き通すために母校を標的にしおった。……学園存続のタイムリミットは、もう一年を切っておる」

「どういうことですか？」

「この一年で生徒たちが充実した学園生活を送れるかどうか。定期的に女王側の審査を受けて、不合格ならば学園ごと取り潰される――という、理不尽な期限付きの条件じゃ」

「『充実した学園生活』って曖昧じゃないっすか？」

そんなものは主観でどうとでも変わる。審査するのがあっち側である以上、イチャモンを付けて不合格にするのなんて簡単だろう。

「詰んでるじゃないですか」

「そうでもない。反対勢力——つまり妾たちを支援している者の中にも、有力な貴族が多数おる。彼女たちの娘も生徒としてここに在籍しておるしな」

つまり俺は貴族の娘ともセックスするのか……。ラビも族長の娘だって言ってたし、いわゆるお嬢さま学校なんだなここは。

「女王は無茶を突きつけてくるが、それをすべて強行できるとは限らんのじゃよ。女王派とその反対勢力がせめぎ合った結果——今の状況ができあがった。奴らのほうが有利なことに変わりないが、それでも一国の方針に逆らってここまでこぎ着けられたのは皆の力のおかげじゃよ。……見てみい、あれが妥協点じゃ」

校舎の屋上に出たところで、学園長ちゃんがまっすぐ遠方を示した。

気持ち良く晴れ渡った学園の敷地。新緑が揺れる森林。遠くまで抜けるような青空。

学園長ちゃんが扇で指し示した『妥協点』とは、その空にうっすらと掛かる、薄紫色のベールのようなものだった。

よく目をこらしてみると、それは敷地を円状に……いや、球状に覆っているらしい。

「これがさっき言っていた結界ですか？　いや、思った以上にデカいというか……」

結界を維持するための魔力は、学園長ちゃんが提供しているという話だ。

学園の敷地は気が遠くなるほど広い。

魔術のことはまだよくわかっていないが、結界の端まで直線距離で軽く三ｋｍはあるだろう。その敷地を丸々と包んでしまう『結界』――その規模を考えると、とんでもないコストが掛かっていそうだ。

「そのせいで学園長ちゃんはそんなサイズに……」

「もともとはそちが腰を抜かすほどの超絶プロポーションな妖艶美女なんじゃがな」

「へぇ……、ふぅん……」

「なんじゃいその顔は。ここから叩き落とすぞ」

危うく上司に屋上から突き落とされそうになりながらも、俺は説明の続きを促すことで九死に一生を得た。

学園長ちゃんは気を取り直して結界のほうを見やる。

「この結界、出るには自由じゃが入るには女王の許可がいる。もし学園生活が嫌になった生徒がおれば、いつでも家に帰ることができる。……そして、新たに人材を採用するのは妾たちの自由じゃが、結界を越えて学園に入ってくるには女王の許可が必要となる――」

「それで性奴隷の補充ができない、ってワケですか」

学園長ちゃんは深くうなずいて、

「しかも、結界を敷設する際にも女王は汚い手を使ったのじゃ。本来なら性奴隷を学園に迎えてから結界を展開するはずじゃったが、その前に強制的に発動させおった。……おかげで、妾たちは兵糧攻めに遭っておるようなものじゃ」

生徒たちがいるので、さすがに食料や必要物品は運ばれてくる。日常生活に支障はない。

しかし、人材は補充できない。

肝心の性奴隷がいなければ性行為実習は進まない。そうすると実習を受けられなくなった生徒たちは学園にいる意味をなくし、自主退学する者が出てくるかもしれない――

「そのような状況を作っておきながら、女王は予定どおり定期的に査察を行うつもりじゃ」

「はぁ？　なんすかそれ、横暴にも程があるでしょ！　学園長ちゃんの味方をしてくれる貴族たちは？」

「もちろん猛抗議じゃ。妾も八方に手を回した。それでどうにか今まで持ちこたえたが――女王も、そろそろ本気で掛かってくるじゃろう。いずれここに査察官を送り込んで『失格』の烙印を押しに来る」

「そこまでするんすか、女王は……」

「性行為実習を禁止し性奴隷を我が物とする。そして他人には性行為の素晴らしさを味わわせず、活きのいい男は自分と、自分に従う者だけで山分けする……それが奴の描く絵図じゃな」

学園に世話になっておきながら、女王に即位した途端、性行為実習を禁止した女王。

表向きは『男のため』との建前で、自分はハーレムを構築して性奴隷とのセックスに明け暮れている。

一方、反対派の最後の砦であるこの学園では、禁止令が出された際にそれまでいた性奴隷を引き上げられた。補充もできない。

そしてラビたちの学年までは入学できたものの、この春の新入生は入学を許可されず保留状態にあるという――。

「なんにせよ、あと一年足らずのあいだに、性行為実習で成果を上げねばこの状況は打開できん。そこで――！」

学園長ちゃんの扇が、ビシリと俺のことを指す。

「奇跡的に召喚の叶ったそちを、この学園専属の性奴隷として育てあげねばならん。なにせ、生徒二百名を一人で相手してもらわねばならんからの！」

結界を越えて呼び寄せられないはずの性奴隷。

ラビの精霊召喚と俺の異世界転生のコラボが、学園にとって最後の好機を生んだ。

「そちを召喚したことは、規則に沿って女王にも報告しておる。妾の味方たちにもな。――学園中、教師も生徒も、そしてその親たちも、そちの働きに期待しておるのじゃよ」

実習棟のほかに、錬金術教室などが入った特別教室棟などを見学してから、俺は普通教室棟に連れて行かれた。

生徒たちは授業中。歴史学や数学、言語学に地理学などのほか、魔術についての授業も多種多様らしい。実習はおあずけだが、性行為に関しての座学もある。

……黒板に生々しく『体位』が描かれている授業の風景というのは、なんというかもう……。

生徒たちもソワソワした様子だった。知識があって性欲もあるのに相手がいないとなれば、そりゃあ待ち遠しくもなるだろうな。

「さて、この先の教室じゃ」

学園長ちゃんが足を止めたのは、教室棟の三階にたどり着いたときだった。俺は、その教室の入口にある表示を見上げて、

「三年D組……何かあるんですか？」

「うむ。そちを鍛え、試すための相手がな」

「え、それって――」

俺が質すより前に、ズンズンと進んで教室の引き戸を開ける学園長ちゃん。

生徒たちも俺と同様に何も聞かされていなかったらしい。突然現れた学園長ちゃんと俺に驚いていたが――すぐに、弾けたように歓声が沸き上がる。

「邪魔するぞ」

「きゃあああっっ⁉」「あれって、性奴隷の人っ？」「え、タイプなんだけど」「あの人と初体験……？」「どうしよ、今からかな？　明日かなっ？　ドキドキしてきた♡」「み、皆さんはしたないですよっ？　落ち着きましょう！……す、素敵なのは理解しますが♡」

他のクラスにまで響き渡る騒ぎっぷりに学園長ちゃんは、

「静かにせい――」

落ち着き払ったその一言だけで、生徒たちは大人しくなった。怖がっているというより、畏れているといった雰囲気だ。

学園長ちゃん、やっぱり一目置かれているんだな。

「授業中に突然すまんかったな。しかし、皆もこのリュータに会えて良かったじゃろう？」

生徒たちの表情に、俺《性奴隷》に会えた喜びがストレートに表れている。

「ここに来たのは他でもない。――プリメラよ、前へ」

着席する生徒のうち一人に目線を定めて学園長ちゃんがそう声を掛けると、

「――はい」

プリメラと呼ばれた生徒が教壇のほうへと歩み進んできた。

エメラルド色をしたセミロングの髪に、大きな髪飾り。エルフのような尖った長い耳。

自信に満ちた美貌だ。ふんわりとした髪を軽く撫でつける優雅な所作――上品な少女が多い中でも、彼女は際立っていた。

「わたくしに御用ですの？」

凛と通る声。髪色よりも深い光を湛えた眼差しに射貫かれると、思わずこちらの背筋も伸びてしまう。

「リュータよ、アルラウネ族のプリメラじゃ」

アルラウネ。

俺のファンタジー知識のとおりなら、女性の姿をした植物のモンスターの名称だが……。

「……もしかして、頭のそれって」

「まあ！　『頭花《とうか》』をご存じないのですか？　ああ、先生は異界の方でしたわね。これはアルラウネ族が誇る頭花――いずれ可憐に咲く、美の象徴ですわ」

言われてもまったくピンと来ないのだが、どうやらそれは髪飾りではなく体の一部らしい。

左耳の上あたりにあるその『頭花』は、こぶしほどの大きさで、花弁はまだ閉じられた蕾の形状をしている。

「乙女のうちに美を蓄え、立派な淑女となったときに咲き誇るのです」

「立派な淑女って、まさか……」

学園長ちゃんのほうを見る。

「さっき言うたじゃろう？　そちの特訓、そして試験の相手を務めてもらおうと思うておる」

――つまり。

このモデルも顔負けの美女とセックスをしろ、ということ……！

「どうじゃ、プリメラ？」

「光栄ですわ」

長い睫毛の双眸で俺を見て、品のある笑みを浮かべるプリメラ。

光栄なのはこっちのほうだ。前世なら相手の視界にすら入らないレベル――まあ、それを言い出したらこの学園の女性は、それこそ高嶺の花ばかりなんだが。

「ただし、ただ性交すれば良いというわけではない。アルラウネの頭花を咲かせるには、彼女を受胎させられるだけの豊潤な魔力を備えた精液が必要でな」

「豊潤な魔力――」

「その通りですわ」

プリメラは誇らしげな様子で、

「わたくしたちの体は、誰の種でも受け入れるというものではございません。ふさわしい種を母胎で受け止め、その生命力を感じたとき、頭花は花弁を開きます――そして、美しく咲いた頭花こそが、最上の美のあかしとされるのです」

「……要は、質のいい精子をプリメラの子宮に流し込めばいい、ってことか……あっ、今のはセクハラじゃないからな⁉」

「せくはら？　なんですのそれは？」

思わずつぶやいてしまった精子や子宮といった単語にも、誰も引いたりしていない。

そうだよな、そういう授業だもんな。皆それを待ち望んでるんだし――。

この試験をクリアして正式な性奴隷になれば、今この教室にいる全員と……よりどりみどりの色んな種族の生徒たちと『そういう授業』ができる。

さっき見てきた実習室で、美少女たちを次々と……！

「性奴隷さん」

「は、はいっ、なんでしょう?!」

妄想中にプリメラから声を掛けられて、思わず敬語が飛び出してしまう。相手は貴族さまらしいし、俺は奴隷だし、これが正しい言葉遣いなんだろうけれど。

「本当に、わたくしのお相手をしてくださいますか？」

「も、もちろん……！」

貴族令嬢で、モデルばりの気品を持ち合わせていて、膣内射精のセックスを望んでいる生徒。

俺が断る理由なんてどこにもない。

「では、今からここで致しますか？　わたくしは構いませんが」

「うぇっ!?　ちょっ——」

自分の首元、緑色のリボンタイに手を掛けようとするプリメラに、教室中から悲鳴にも似た黄色い声があがる。

「待て待て、慌てるでない」

学園長ちゃんが割って入る。

「今のままのリュータでは、まだプリメラのことを咲かせられんよ。明後日《みょうごにち》、一限目の授業でと考えておる」

「そうですの？　かしこまりました。わたくしもより一層この身を磨き上げて、その日に臨みますわ」

プリメラは俺に向き直って、

「よろしくお願い致します。どうぞ、わたくしの処女を奪い、子種を注いでくださいませ」

試験相手とのお目通しのあとも学園長ちゃんによるオリエンテーションは続いたが、俺はほどんと上の空だった。

「どうした？　さすがに生徒たちの色目にやられたか？」

「そりゃあそうっすよ――」

この学園は一学年が百名でクラスは四つ。

あの教室にいた二十五名ばかりの生徒たちからは、好奇心に満ちた――おもに、性的好奇心に満ちた目を向けられ続けていた。彼女たちが夢想するのは俺との性行為。

「……みんな処女、なんすか？」

女王の嫌がらせのせいで性奴隷が確保できなくなって二年が経つ。『おあずけ』の期間は、ラビたち二年生より長い。

「うむ。皆、ここでの処女喪失セックスを楽しみにしておるよ。さすがのリュータでも気疲れするか？　昼間は性奴隷小屋に籠もっておってもよいぞ」

「え？　そうじゃないっすよ」

こっちの世界の男なら、常に性行為の対象として見られることに疲れもするだろう。けど俺は違う。

「常識の違いに驚いてはいますけどね。ヤれるんなら嬉しいばっかりですよ」

「なんと――」

「校舎には居てもいいんですよね？　生徒たちのテンションにも慣れておきたいですし……雑用でも何でもいいんで働きますよ」

前世の社畜癖が残っているとも言えるが、できるだけ生徒たちには慣れておきたい。本番になって、緊張しすぎて役立たずになっても困るからな。

「良い心掛けじゃ！……ならば『そこ』で働いてみるか？」

扇で指し示されたのは、昨日、俺が召還後にラビと隠れていた場所だ。フェラチオしてもらった場所、とも言うが。

「売店でしたっけ」

「届いた物資を生徒たちに販売しておる。文具に軽食、簡単なアクセサリーなど、嗜好品なども な。――『売る』とはいっても、利益に繋がるものではない。ほとんどが彼女らへの支援物資、仕送りのようなものじゃからの。それに、ここと は別に学食も充実しておるから、ニーズもそれほどない。手の空いた教師がときどき『ごっこ』で店を開くくらいじゃ」

交換するのは、現金ではなく学園内でのみ使える専用通貨。授業で好成績を収めた生徒には多めに支給されて、この売店や、学校行事で使用する——という仕組みらしい。

確かに、昨日も昼休みなのに店番も、周りに生徒もほとんどいなかったし。カウンター越しに生徒と交流できるならほどよい距離感かもしれない。

「生徒に慣れるにはよい機会になるじゃろう。……しかし、正式に性奴隷となるまでは生徒たちに手は出すなよ？」

「あ、それはダメなんすね」

「妾は構わんが、女王側にバレたときが面倒じゃ」

魔力供給の必要性があるラビと、学園が指定する試験相手とならば理由が立つから別として、まだ他の生徒たちの接触は最低限にしなければならない——

「特にそちの場合は出自が特殊じゃからの。学園長である妾の指示に従わない、危険人物だと見なされれば排除される可能性がある」

それは気をつけよう。

まあボチボチ、この売店で少人数の生徒を相手に店番でもして、ゆっくりとこの世界に慣れることから進めていこうか。

なんて、次の休み時間から店番を始めた俺だったが――

「先生っ！　いつからエッチできるんですか？」「食べ物は何をお食べになるのでしょうか？　お年は？」「年下の女の子は好きですかっ？」「おっぱいは大きい方がいいですか？　私、自信あります……♡」「ち、ちっちゃいの嫌いですか？」「とても楽しみにしてます！　必ず性奴隷になってくださいね！」「私も応援してまーす♡」

人気《ひとけ》のなかったはずの売店周りには、生徒たちが殺到していた。

お淑やかそうに見えても、そこは年頃の女子。しかもそれが何人も集まれば、かしましいことこの上ない。

あまりの混雑ぶりに『売店のモノを買う生徒が優先だ』と告げたところ、在庫がすべてあっという間に売れてしまった。

――その上でこの状況だ。年下女子からの質問攻めに、相次ぐセックスアピール。

まるでアイドル気分だが――これ、収集つくか？　休み時間も終わりそうなのに、人垣は大きくなるばかりだ。

と、そのとき。

「皆様。先生が困っていらっしゃいますわよ？」

透き通った、けれどはっきりと響く声。騒がしかった人垣がすうっと割れて、声の主が悠然と歩み寄ってきた。

プリメラだ。

生徒たちは彼女のために道を空けているが、怖がっているわけじゃない。プリメラに見とれて、彼女の邪魔をするまいと自然と身を引いているだけだ。

「実習以外でも労働ですか。熱心ですのね、リュータ先生は」

周りも可愛い子ばかりだが、なぜだか彼女にばかり目を奪われてしまう。異性も同性も惹きつける不思議な魅力が彼女にはある。

そんなプリメラは、優雅な仕草で手のひらをカウンターへと差し出してくる。

「羽ペンを一本くださるかしら？」

たぶん、殺到する生徒に困っている俺を救う建前として、文具を買い求めに来たという体を保っているんだろう——そういう気遣いのようだ。

だが残念ながら、本日は羽ペンに限らず何もかもが完売済みなのだ。

「すみません、売り切れで」

「…………？」

「だから、もう全部売れちゃって」

本人はまったく想定していない事態だったのか、しばらく固まってから、恥ずかしそうにプルプルと震えだした。

「そ、そそそっ、そうですわね⁉　これほどの方がお買い物にいらしてるんですものね？　売り切れて当然ですわよねっ！　し、失礼いたします、ごきげべっ、ごきげんようっ……！」

白い頬を紅潮させてきびすを返し、スタスタと去って行った。

いやぁ、恥を掻かせてしまったようで申し訳ない。

「ぷ、プリメラさまっ！　すみません私が買ったせいで！」

「アタシも！　こちらお譲りします――」

「け、結構ですわっ……！　せっかく買ったんですものお大事になさいっ……！」

完全無欠の美女かと思っていたけれど。プリメラの後ろ姿を見送りながら、ちょっと親近感を覚える俺だった。

■　■　■

「三年のプリメラ先輩ですか、この学校みんなの憧れの的ですよ。いつ見てもお綺麗だし……それにすっごい努力家なんです」

夜。

また俺のお世話をしに来てくれたラビと、今日は夕食後に一緒に食器を洗っていた。

「美貌を維持するための努力？」

「ですね。あとは、常にみんなのお手本であろうと努力されてるんだと思います。ファンクラブもありますしね。……性交の相手としては、難敵かもしれません」

ううん、とラビはうなる。

「アルラウネ族は——というか、長命種は肉体的なピークも長いですから。相手を……受胎する精子を吟味する時間も長いんですよね」

「なるほどな。『魔力の強い精子』をじっくり選べる、と」

食器を片付けながらの何気ない、けれど内容的にはかなりディープな会話。

こんな状況にもだんだんと慣れてきている。

何しろ、これが俺の仕事なのだ。生徒たちとしっかりセックスして、彼女たちに性行為の悦びを知り、性技を身につけてもらわなければいけない。

その本当のスタートラインに立つためにも、まずはプリメラの頭花を咲かせられるだけの膣内射精をしなければならないわけだ。

ラビも俺相手にだいぶリラックスして来てくれているのか、センシティブな単語にも抵抗がなくなって来ているようだった。

「魔力かぁ。やっぱり魔術の勉強したほうがいいんだよな」

「私たちは生まれたときから魔術があるのが日常で、自然と魔力の流れを掴んできましたから……リュータさんの場合はイチからのお勉強になっちゃいますよね」

「だよなぁ。魔術が身近かぁ」

「ええ。こんなふうに、よく妹と遊んでてお母さんに叱られてました――」

言いながら、ラビは簡単な魔術を見せてくれる。

洗い物の泡を纏った右手。その人差し指を立てて見せる――すると、指先で泡が膨らみ、大きな球体が出来あがった。魔術製のシャボン玉だ。指先から離れ、フワフワと宙に浮く。指揮棒のように振ったラビの指先に合わせて、空中でくるくるとダンスする――

「風の魔術を調節すると、こういうことが出来ます」

「おお……！」

間抜けに口を開き、泡の行方を目で追ってしまう。そんな俺の食いつき方が面白かったのか、ラビがからかってくる。

「ふふっ。リュータさん子どもみたい。――えいっ」

「わぷっ⁉」

軌道を変えて迫ってきたシャボン玉が俺の鼻先に当たってパチンと弾けた。驚く俺のリアクションを見て、ちょっと申し訳なさそうに笑いながら、

「ごめんなさい、目に入りませんでしたか？　ちょっと屈んでください」

エプロンの裾で俺の顔を拭ってくれた。妹相手にも、こういうおちゃめで優しいお姉さんをし

てたんだろうか。姉妹仲もきっと良いんだろうな。

「試験はあさってですよね。魔術を学ぶには時間がありませんし。リュータさんが魔力を感じて、操れるようになるには——」

「やっぱり、魔力の供給を通して体感するほうが早い、か」

「……はい。セックスはまだ危ないですけれど、その他のことなら何でも……いいですよ？♡」

今の今まで慈愛に満ちたお姉さんの目をしていたのに、そう囁くラビの顔は、夜の営みに誘惑する新妻のそれに変わっている。

膣内への挿入は、まだ発情の危険があるからナシ。それなら——

「俺に提案があるんだが」

「——？」


俺は、ラビを誘って寝室に移動した。

「こ、これっ、本当にするんですかっ……？　は、恥ずかしすぎるんですがっ……！♡」

互いに全裸になって、俺は先にベッドに仰向けになる。ラビには互い違いになって、俺の顔をまたいでもらう……そう、シックスナインで粘膜接触しようというのが俺の提案だ。

「私、お風呂まだですし！　リュータさんの顔にくっつけるだなんて、汚いですよっ？」

「何でもするって言ったじゃん」

「う、うぅ……‼」

血も涙もない脅迫に、ラビはようやく覚悟を決める。

「い、いきますからね？　嫌だと思ったら、絶対にそう言ってくださいね⁉　――んっ！♡」

ベッドを軋ませ、ラビの肉感的な下半身が俺の顔をまたぐ。

健康的にムチムチとした太もも。よく実った尻肉に、ラビの性器。

ぴっちりと閉じていた陰唇が、脚を開く動作でわずかに花開いて、俺に向かって綺麗なピンク色を見せつけてくる。

「はぅう……！♡」

恥ずかしさに震えるのはちょっと可哀想だが、俺のほうはそこを気遣う余裕すら一瞬でなくなってしまっている。目と鼻の先にある『ご主人様』の女陰に、俺は手をつける。

お尻の肉をぐいっと左右に広げて、首をもたげてその谷間に顔を埋める。

「きゃぅんっ⁉　ダメです汚いですよ⁉　そんなところ……っ♡」

そこはむせ返るほどの牝の匂いで満ちていた。もちろん汚いなんて思わない。ラビの甘酸っぱい匂いは俺を興奮させるばかりだ。

肉びらに、つうっと舌を這わせる。

自分の唾液をたっぷりと乗せて、首を振って大きく上下に。

「やぁ、あッ⁉　やだっ、だめっ！　べろべろ、だめですっ♡　オマ×コ舐めるのだめぇっ♡」

とっさに逃げようとするラビの腰に腕を回し、それを制する。

陰唇に沿わせるために力を抜いていた舌先を、今度は硬くして、ひだをかき分け奥へと進ませる。牝液の匂いはさらに強く、濃密になる。

「これ……魔力も濃くなってるか？」

「――ンっ、ふ、ふぅっ♡……な、なってると……思いますっ、あんっ！♡」

とろりとしてきたラビの愛液。そう、これは魔力を感じるための訓練なのだ。ただの口淫ではなく、ラビの女性器から魔力を受け取る特訓。

ただ味わうだけじゃなく、しっかりと吟味しながらラビの美味しい蜜をいただく。

「じゅろッ、じゅぷぅ、ずろろッ」

「んくぅッッ⁉　やっ、あッッ♡　リュータさんの舌が、入ってくるっ⁉♡」

昨日まで処女だったラビの膣内を優しく往復する。ぬるぬるの粘膜を舌で味わい、蜜液を掬いだして、ごくごくと嚥下する。

「じゅるるッ！　ぐぷ、ぐぷッ、じゅぷぅッ――――！」

「ほじほじ、だめっ♡　ベロでほじほじされるっ♡　オマ×コ吸わないでっ！♡」

「んぷッ――気持ち良くない？」

「気持ち良すぎて、だめなんですっ！♡　あぅんッ！♡」

「ラビも俺のこと舐めてくれる？」

「は、はいっ、でもっ！♡　あっ、クリトリスっ、剥いちゃだめですっ！　舐めないで……きゃぁあ!?　それ、ビリビリくるっ♡　変な声、出ちゃいますからぁ！♡　ひっ、ひふっ!?♡」

ラビの体液で魔力を感じながら、魔力を放出する練習も同時に行う。

それがこのシックスナインの目的だ。

「――リュータさんのっ、凄くおっきくなってる……私のを、舐めてるからですかっ？　そんなことで興奮するんですか？♡　んぅ、う！♡　……おっきぃ、おっきくて硬いっ……♡」

バキバキに屹立した俺の牡棒に、ラビの手が触れる。肉幹をこすこすと扱かれ、勃起は限界を超えて激しくなる。

「おちん×ん、向きが変わらないですっ……硬くなりすぎて、んっ、舐めるの難しい……こんなおちん×んが、昨日私のナカに入ってたんですね？　ぺろっ、れろっ♡」

裏筋を舐め上げられる――ラビからすれば『舐め上げる』だが、俺にとっては先端から根元に向かって舐められている感触になる。昨日のフェラとも違う、新しい性感。

「たまたま……んぽ♡　リュータひゃん？♡　んぷ、んぷ♡　ここで、魔力の籠もった精子ができるんですよっ……♡　れろ、れぅっ♡　意識、できてまふか？♡　んぽ、んぽっ♡」

「魔力が……精子に？」

「赤ちゃんの種、命の源ですからっ♡　魔力が、たくさん乗るところです♡　ぢゅぽ♡――んッ、うねうねって、動いてまふっ♡　赤ちゃん作りたいって、思ってるんですか？♡　んぢゅ、ンヂュ♡」

優しいラビの唇と舌に責められて、陰嚢が幸せで一杯になる。

「魔力――、そうだなっ、ラビもここで作ってるのか？　んぢゅるるッ、ぢゅろっ！」

「ひゃうんっ⁉♡……ま、魔力が、赤ちゃんのお部屋に集まるんですっ……！　この人の赤ちゃんが欲しいって思ったら余計にっ……！♡　キュンキュンって♡　疼くの、止まらなくなりますっ♡　それで、トロトロって漏れちゃうんですっ――♡　きゃああんっ！♡」

互いの性器に夢中になって顔を埋《うず》める俺とラビ。

「リュータさんっ、おち×ぽのほうも咥えますねっ？♡　んっ、と……♡」

フェラチオしやすいように二人協力して身をよじって、体勢を整える。

「いきますねっ、私の口おマ×コで、魔力いっぱい感じてくださいね♡　んぁあ……っ、んぢゅ♡　かぽッ！♡　ングっ、んぐぅ♡　んぼっ、んぼっっ♡」

舌に導かれての挿入。亀頭は舌と上あごの粘膜に挟まれて甘やかされ、肉茎は吸いついてくる唇に扱かれる。ラビはえずきながらも奥まで咥え込んでくれるから、先端は喉粘膜をネトネトとノックする。

「――ぉぼっ♡　んぐぢゅぅうッッ♡　んぽっ♡　んぽッッ♡」

グルグル回る舌で亀頭周りを責められたり、根元までしゃぶってもらって、強く吸引してもらったり。最高すぎる――ッ。

俺も愛撫を開始しようとして、ふとラビの尻尾が目に止まった。

お尻の上で、ピコピコと揺れる白い丸尻尾だ。

「ここも、気持ち良かったりするのか？」

左手の中指で尻尾を掻いてやる。ふわふわの毛並みを、カリッと軽く指先で弾くように。

「んぶ⁉♡――あひゃんッッ⁉♡」

しゃぶっていた肉棒をヌポンっと口から抜いて、

「え、えっ⁉　し、しっぽ？♡　尻尾……気持ちいいっ⁉♡」

ここも普段から服の外に露出させている部位だ。何でもないはずの部分が、いつの間にか敏感になっていることに、ラビ自身が驚いている。

「あっ、ええっ⁉♡　やんっっ♡　リュータさんっ、な、なんですかこれっ♡　しっぽ、きもちいい！♡　腰っ……浮いちゃう⁉♡　びくびくしちゃぅ♡　あぁんっっ！♡」

五本の指でカリカリしてやると、それに合わせてラビの下半身が俺の目の前で痙攣する。

淫らな割れ目からは魔力が――牝のフェロモンが、よりいっそう濃くなって漏れ出てくる。お尻は、もっともっとと快感を求めて、フリフリと左右に振られている。

「ラビ、可愛すぎるだろ――っ、ジュプ！　じゅぷっっ！」

「きゃぁんっ！　やら、らめ♡　しっぽとオマ×コっ、イクっ♡　わ、わたしっ、尻尾でイっちゃう……！　きゃんッ♡　いく、いくっ、しっぽイキしますっ！　しっぽいく♡　いきゅ♡　あッ、あああんッッ――♡」
昇り詰めるのと同時、ラビの下半身がきゅっと緊張して、クンニしていた俺の顔は柔らかな尻肉に挟まれた。

「やぁあああ♡　しっぽイク、カリカリされてイく♡　きもちいいっ！　気持ちいいですっ♡　リュータさんッ、ベロベロもっと♡　おま×こと尻尾でいくの、気持ちいいですっっ、んんんんっ～～♡」

最初はあんなにぐずっていた顔面への密着なのに、快感を求めるラビは無意識にしろ女性器を俺に擦《なす》りつけてくる。

顔は愛液でビシャビシャになってしまうが、これはむしろご褒美だ。こんな可愛い子の可愛すぎる絶頂を目の前で――顔面で感じられて、味わうことができるんだから。

「はふッ、はふっ――♡　あ、あぐ♡　……リュータさんっ、リュータさんも気持ち良く……はぷ、かぽっ♡　おひんひんっ、もっろ、ジュボジュボしまふねっ？♡」

――ちゅぽちゅぽッ、ジュプっ♡

お返しとばかりに再開されるフェラチオは、さっきよりもさらに情熱的で、しかもラビは右手で肉棒の根元を、左手で陰嚢を愛撫してくる。

「んぽ♡　じゅろろっ♡　いっれ？　いっれくらひゃいっ♡　んぶ、ジュポジュポっっ♡♡」

促されて、素直な俺の下半身はグググっと精液を押し上げてきて、

「ラビっっ、いきなり激しいっ――や、やばい、出る、でるって！」

――ズグビュウウっっ、ビュグ！　ビュグっ！

暴発とも言える射精。

拙いながらも魔力を意識していたからだろうか、魔力は精力に置き換わって、その精力が精子をどんどん生産する。ラビの口淫で急かされるようにして充填された精子が、精液になって肉棒から、ラビの口腔内にほとばしる。

――ビュグルルっっ！　びゅぷぅ！　どぐどぐっっ！

ヌルヌルした粘膜に包まれて膣内と誤認しているのか、俺のペニスは射精を止めない。とびきり濃い魔力を内包した精液をラビに注ぎ込み、その快感に震える。

俺はたまらず、眼前にある牝の割れ目に顔を深く埋めた。

「ンっ、ぐ！　うぶッ、ぐじゅるるるるッッッ――！」

「んぶッ⁉♡　ん、んぐぅううう～～ッ♡♡」

腕の中でラビの腰が大きく跳ねる。押さえつけ、逃がさず、俺はラビの愛しい蜜をすすり続ける。

一緒に絶頂しながら、互いの性器を貪って、上限の見えない快楽に呑み込まれる――灼けるほどの興奮に頭の中をかき回されて、俺たちは獣のようなうめき声を上げてアクメした。

「ぷぁッ、はあ、はあっ、はあっ……ラビっ……！」

「んぐ♡　リュータさんっ、ん、んんっ……リュータさんの、まだこんなに勃ってる……♡」

射精の余韻とクンニの興奮が続いているとはいえ、俺のペニスはまったく萎えない。

いくら性欲が旺盛だからって、肉体的には一度は落ち着くはずだ。

ところが、肉棒はパンパンに張ったままで衰える気配がない。

今までの俺ならあり得ないこと――

「――少しずつ、掴めてきましたか？」

ラビから受け取る魔力と、精力に変換してから体外に放つ俺の魔力。ラビに施してもらって、俺も分け与える循環。

「リュータさんは半分精霊みたいな存在ですから……んっ♡　はぁ、あぅっ――♡」

下腹部をヒクヒクさせながらラビは、

「外から魔力を吸収することも一つの本能なんだと思います……私から、女の子たちから♡　そして、それを精力に変えて、こうして注いでくれる……。とっても濃くて、体に染みこんできて……女の子のカラダをムズムズさせる、特別なせーえき……っ♡」

「ごめん、ラビ」

「えっ？」

ラビの声を聞いているだけで、そしてその吐息を勃起ペニスに浴びるだけで、劣情は高まっていくばかりだ。

「まだ十分に覚えられてないみたいだ。もっと特訓しないと。もう一回付き合ってくれるか？」

ラビも、嬉しそうに丸尻尾をピコピコ揺らしながら、

「もちろんです、リュータさんっ♡　んちゅッ、れろれろっ♡……いくらでも出してくださいね？　私の口おマ×コに、せーえきいっぱいください♡　ドロドロの魔力いっぱいせーし♡　何回も、何回もゴクゴクさせてくださいっ♡　あッ、しゃせーきました、きたっ♡　んぶッ♡　ぢゅろろ♡　んじゅぐっ♡」

魔力を循環させるその特訓は、俺の唇が愛液でふやけてもまだまだ終わることはなかった。

■
■
■

いやぁ、厳しい特訓だった。厳しかった。厳しすぎたね。

……昨夜は結局『シックスナイン魔力循環訓練』に夢中になって深夜にまで及んでしまい、睡眠時間はごくわずかになってしまった。

けれど寝起きはスッキリ。体調はパーフェクト。精力に変換できる魔力、それはつまり生命力に通じるようで、今の俺の体内にはエネルギーが満ちあふれている。

「肌がつやつやになるって――こういう感覚なんだな」

実際に質感がどうなっているかはともかく、背筋もシャキッと伸びてるし気分は最高だ。

俺とラビは、魔力を与えて、与えられた。

それは単に交換するというだけでなく、体内に他人の――それも相性のいい相手の魔力を取り込むことで、新しい魔力が生まれるという仕組みらしい。ある意味子作りだ。

いくら夜更かしして肉体を酷使しようが体力は尽きることがないし、翌日に疲労が残ることもまったくない。

深夜に帰っていったラビにも疲れは見えなかった。ダンサーバニー族はこの魔力循環の仕組みを使って精霊とまぐわう。羨ましい限りの精霊さんだが、しかし本来は実体を持たないので三日しかこの世に留まることができない。

――性欲の強い肉体と思考、そして精霊としての特性を備えた俺は、世界でもっともこの恩恵にあやかれるというわけだ。

正直、二百人の女子を相手にセックスすることに自信というか実感が持てずにいたが、この体質ならばヤレる気がしてきた。

……前世で魔力を自在に操れていたなら過労死なんてしなかっただろう。しかし、そのおかげでこうして異世界にやって来られたんだからむしろ幸運だ。

体力満タンで迎えた学園生活三日目。

日中は売店で生徒たちと交流したり、付け焼き刃ながら魔術の基礎を学ばせてもらったりしながら、あっという間に時間が過ぎた。

そして俺が行動を起こしたのは放課後——『対戦相手』のことをもっとよく知るために、彼女のことを探した。

生徒に聞き込みをすると、プリメラの目撃情報はすぐに手に入った。さすがは人気者。

「——あら？　いかがなさいましたの？」

プリメラの姿は、ランニング用のグラウンドにあった。

一周二百メートルくらいのサイズで、周りを薔薇の庭園に囲まれている。

この学園は生徒数の割に敷地は広大だ。校庭も用途ごとにいくつもあって、俺が前世で通っていた学校みたいに一つのグラウンドを複数の部活動で共用することはない。

校庭に他に生徒はなく、彼女一人だ。

「我慢できなくなりましたか？……すみません、このような人気《ひとけ》の無いところではちょっと……わたくし、初体験は皆様にご覧いただきながらと決めていますので」

「違う違う。敵情視察だよ」

「まあ。——そうですわね、さすがの先生でもわたくしとの性行為となると、それなりの準備が必要ですものね。わたくしのことを探るのもその一環、ですか」

「お邪魔だったかな？」

「とんでもありません。友人の皆様は気を遣ってわたくしを一人にしてくださっていますが——

先生に見られながらというのは、悪くありませんわ」

顔に浮かべる不敵な笑みすら絵になるプリメラは、今は体操着。Tシャツにホットパンツの簡素な服装だ。

けれどスラリと伸びた白い脚には否が応でも目が惹きつけられるし、制服のときにはそこまで目立たなかったが、ストレッチで背伸びする彼女の胸は、スレンダーな体型にはアンバランスなほどツンと出っ張っている。

乙女のあかし、蕾のままの頭花。セミロングの緑髪を後ろで束ねていて、尖った耳が露わになっている。

「その格好、トレーニングか？」

「美しさを維持するには、適度な運動は欠かせません。それにこの陽光……！　わたくし、魔力が沸き上がってくるのです！」

「あー、アルラウネだもんな」

光合成的なことだろう。エルフに近い長命種らしいが、植物系の亜人種であることには変わりがないわけだし。

彼女は軽く体を動かしたあとらしく、うっすら汗ばんで髪もやや乱れている。なのに魅力を損なうどころか、溌剌とした健康美で輝いてすら見える。外見的に美しいというのもあるんだが、空気感というか、無性に惹きつけられる感覚がある。

魔力のことをほんの少しかじっただけの俺だが——プリメラが他人を魅了するのは、もしかしたら魅了の魔力を周囲に漂わせているからなのかもしれない。

しかし誑かされているという風ではなく、爽やかな気分にさせてくれる魔力だ。彼女の精神状態にも影響されるんだろうか——

「先生も走りますか？　気持ちがいいですわよ」

「え、俺はいいや。運動なんて金を積まれてもやりたくない」

「それはそれで潔いですが……」

いやだって、仕方ないって。前世ではそんな習慣なかったんだし……運動嫌いだったし！

「……ふふん、結構ですわ」

挑発的に笑ってプリメラは、

「敵情視察しに来たのに、敵前逃亡するのですね？　明日の実習が楽しみですわ……！」

「ヨーシやってやろうじゃないか」

チョロい自覚は痛いほどあるが、生徒に舐められるわけにはいかない。

軽く屈伸運動で準備を済ませて、プリメラとのグラウンド一周勝負だ！

「——っ、体、軽い!?」

同時に走り始めて、俺は自分の瞬発力に驚くことになった。転生で若返って強化された肉体に、魔力でさらにブーストが掛かっている。精力であり生命力であり、体力や筋力にもなる——これは確かに、魔力の質や量が重要視されるわけだ。

「ゴールっ！　あっという間だったな――」

一度たりとも並ばれることすらなく、俺は一気に駆け抜けた。

そういえばプリメラは？

「はっ、はっ、はっ、はっ……」

彼女のほうはまだ半周といったところ。……遅くないか？

負けは決まってもレースを投げることはしないが、圧倒的大差、早歩きでも勝てそうなほど時間を掛けてプリメラはゴールした。

「はあっ、はあっ、はあっ！　や、やりますわね、先生っ……！」

息も絶え絶え、汗だくになっているプリメラ。

「こ、これでもかなり速くなりましたのよっ？　アルラウネ族はっ、……ぜはっ、ぜはっ、素早く動くことにかけてはっ……、それほど得意でははっ、げふげふっ！」

「無理してしゃべるなって。ほら水」

彼女自身が用意していた飲料水入りのガラス瓶を差し出すと、

「あ、ありがとうござっ――、ぜー、ぜーっ、……んく、んくっ、んくっ」

「落ち着いて飲めよ？」

いくら魔力が潤沢でも得手不得手はあるらしい。植物に縁がある種族だから瞬発力がないのは仕方ないのかもしれない。

「苦手だって自覚があるのに、なんで競争なんて挑んできたんだ？」

「せ、先生がっ、挑んでいらしたから……っ、受けて、立たねばとっ――ふう、ふう……」

俺が？

ああ。『敵情視察』って言葉だけで挑戦と受け取ったのか。性行為だけじゃなく他の面でも勝ってみせる、と。かなりの負けず嫌いなんだな。

「こ、このような結果ですが、ど、どうぞ、お笑いくださいませっ……！」

「いや笑わんが。プリメラ、綺麗だったし」

「こ、この姿を見てそのようなご感想っ⁉ な、なかなかの嗜虐趣味ですのねっ……？」

「そうじゃなくて。走るフォームがめちゃくちゃ綺麗だったよ」

走力はともかく、俺のデタラメな走り方とはまったく違ってしっかりとしたフォームだった。真っ直ぐに前を見据えながら走るその姿は、お世辞抜きで見惚れるほどだった。あれは無意識じゃできないだろう。やっぱり『見られること』も強く意識しているからだろうか。

そんな感想を伝えると、

「そ、そうですかっ……？ 以前、皆様の前で走ったとき、気を遣わせてしまいましたから……先生に走り方を教えていただいてどうにか……。本当に、う、美しかったでしょうか？」

「うん。そりゃあ速くはなかったけど、苦手なことに努力で挑めるのは、なかなか出来ることじゃないぞ。俺なんて、運動から逃げてばっかだったし」

「……先生は、速いではないですか」

「これはチートだからな。こっちに来てからのものだよ。まあ、性行為実習では遠慮なく活用させてもらうけど」

「そう……ですの？」

息が整ってきたプリメラは顔を上げる。汗でびっしょり、前髪も張り付いているが、とても魅力的に見えた。

「明日――、楽しみにしてますわ。……先生の、その逞しい魔力を受け止められることを」

また背筋を伸ばして、乱れた髪を整えてプリメラは右手で握手を求めてくる。

「次は、性行為で勝負ですわね」

■　■　■

その夜も、一夜漬けならぬシックスナイン漬けでラビとの特訓を済ませて俺は、とうとうプリメラとの性行為実習当日を迎えた。

実習は二限目の予定だ。

性奴隷小屋で目覚めた朝から、ソワソワが止まらなかった。大勢の前で実習を――生徒とセックスをするのは初めての体験だ。

ゆうべの内にラビが置いていってくれたパンで朝食を済ませ、出勤する。

職員室での朝礼では、俺が『試験』に臨むことが改めて周知された。全教員に、そして全校生徒にまで行き渡っている情報ではあるが、改めての発表に俺の緊張は否応なく高まった。

「そう気負うなリュータ」

朝礼後に学園長ちゃんが声を掛けてきた。

「いや、そう言われても」

「この『試験』に至る一連の経緯は、正式な文書として女王側に報告しておる。今日の結果も、奴らの査定の対象になる。妾も贔屓目では見られんからな」

「……気負うなって言った割に、ぐいぐいプレッシャー与えてきますね」

「ちなみに、妾は実習には立ち会わん」

そうなのか。てっきり、一から十まで厳しく審査されるものかと思っていたけど。

「妾は結果だけを確認させてもらう。それが女王へ成される唯一の報告になるからな。……初めてにしては頑張っていた、などという主観的な評価は相手にされんよ。じゃから――何が何でも、プリメラの頭花を咲かせること。それがそちに求める最低条件じゃ」

と、相当な重圧を背負わされた俺は。一限目の時間を持て余したことで緊張は余計に強くなり、休み時間も売店に立つこともなく一人で過ごした。

そして本番――……

「リュータ先生はここで待っていてください」

性行為実習室の前。

三年Ｄ組の担任の先生からそう告げられて、俺はドアの外でぽつんと立つ。

実習室には逆側にもドアがあり、生徒たちはそちらから入室しているらしい。ガヤガヤとした喧噪。それもすぐに静まって、始業の鐘が鳴り響いた。

「…………っ！」

俺の緊張もピークに達する。

先生がなにやら説明する声がドア越しに聞こえてきて、ようやく――

「お待たせしました。どうぞ中へ」

先生の誘導で実習室に入った。

こちらを注視する、これまた緊張と好奇心に満ちた生徒たちのまなざし。

ここは学園長ちゃんと最初に見て回った教室。中央に円形のベッドがありそのぐるりを二段の座席が囲んだコロッセオ型の実習室だ。

カーテンは引かれてあって外の光はうっすらとしか入って来ないが、一人一人の表情はばっちり見えるだけの光量はある。

ベッドを囲み行儀良く並んで座る彼女たちにとっても、これが初めて見る性行為実習。

俺とプリメラがどんな性行為を見せてくれるのか――二年間お預けを食らっていた三年生の少女たちにとっては、ただ見学するだけでも体が疼くんだろう。

肝心のプリメラの姿はまだ見当たらなかったが、

「準備はよろしいですか、リュータ先生？」

「は、はい」

声が上ずってしまわないよう気をつけながら返事をすると、先生は奥にあったもう一つの扉に向かって、

「どうぞプリメラさん。お入りなさい」

ガチャリとその扉が開かれて、プリメラが進み出てきた。

あっ――、と、息を呑むような声が生徒たちのあいだから漏れてくる。

ランジェリーに身を包んだプリメラの立ち姿。

艶やかな薄い素材で、前開きになった薄紫のベビードール。ブラジャーは付けていないせいで、この距離でもうっすらと乳輪と乳首が見えてしまっている。

下半身にはやや濃いめの紫色をしたショーツ。それも紐パンだ。

「こ、これって――」

「性行為実習着です」

「いつも、こんなのを着て……？」

「オーソドックスですが、これだけではありません。その時々の実習によって着衣は変わりますよ――本日は、彼女が希望したものを着用させています」

煽情的な下着姿。昼間の教室で見るような格好では断じてない。そもそも、教室でこんな姿になるなんて――

「よろしくお願いいたしますわ、性奴隷の先生」

コツコツと響く音。こちらへ歩いてくるプリメラの足下はハイヒールだ。

歩き方も当然のように様になっている。気品のあるランジェリーとプリメラの歩き方が相まって、ファッションショーのモデルかと錯覚するほどだ。

表情も悠然としていて、売店で照れていた少女のようなプリメラとも、グラウンドで息を切らしていた彼女ともまったく別人のようだ。

そう、教室で初めて会ったときの彼女――

生まれ持った美と、努力で勝ち取った美を惜しげもなく振りまく、自信に満ちた姿だ。

「では二人とも、中央へ」

「エスコートしてくださるかしら？」

「お、おう」

自然に差し出されたプリメラの右手を取って、俺は慣れない姿勢で、一箇所だけ座席が途切れているところから中央のベッドへと彼女を導く。

室温が変わるはずないのに、そこに入るとむせ返るような熱を感じた。

……性行為を見るために集まった二十人ばかりの年頃の生徒たち。

彼女たちの興奮した肌の熱と、性熟《せいじゅく》しかけの牝のフェロモン。その熱気と匂いに包まれて、めまいがしそうになる。

「先生は脱いでくださらないの？」

あくまで落ち着き払った、プリメラの凛とした声。

なるべく意識しないようにしていたが、向き合って立ってしまうと彼女の美貌や、裸に近いその体が目に入ってしまう。

薔薇の刺繍に包まれたバスト。スレンダーな体型の中にあって、ぷるんと張って自己主張の強い、勝ち気な乳房。先端は牡を挑発するように尖っている。乳輪の形まではっきりと分かって……目の毒だ。

肌からは甘く芳しい香りを放っていて、その蠱惑的な匂いは俺だけじゃなく、周囲の生徒たちまでを昂ぶらせていた。

「…………っ！」

プリメラの豪奢なランジェリーとは違って、簡素な俺の普段着。それを脱ぎ捨てて——とはいっても、上半身はともかく下半身を露出するにはかなり勇気が必要だった。

召喚初日は早速ラビやその友達には全裸を見られてしまったが、こうして自分の意思で生徒たちに裸をさらすのは初めてだ。

前世では絶対にあり得ないこと。

女子生徒たちの前で全裸になり、プリメラの裸体で猛り立ったペニスを見せつける。

ビタン、と腹に付くほど勃起した俺のペニスに、生徒たちから悲鳴が上がる。

俺に露出趣味はないが、これだけの数の発情視線に晒されて、『牡』として認識されていることを文字どおり肌で感じると、男根は勝手に挿入準備を始めてしまう。

その凶暴なほどの勃起にプリメラは一瞬息を呑むが、

「こんなに……。わたくしのことを見て、これほど興奮してくださったのですか？　嬉しいですわ。早く、わたくしの花弁を先生の性器で――」

「うおっ――!?」

彼女のほうから近づいてきて、両手でさわさわと下腹部を撫でられる。その刺激だけで、情けなくも背筋が跳ねてしまう。

「逞しい雄しべ……わたくしのことを淑女にしてくださる、素敵な……」

勃起ペニスに触れられて、この至近距離で長い睫毛の瞳で見つめ上げられたら、もう我慢ができなかった。そのまま顔を寄せて口づけをする。

薄く弾力のある小さなプリメラの唇は、初めての感触にどう振る舞っていいか戸惑いながらも、俺のキスに応じてくれる。

「ン、ちゅっ――♡　は、んっ……♡」

細い肩を抱き身を寄せると、甘い香りがいっそう鮮烈に感じられた。これは肌からだけじゃなく、彼女のエメラルドグリーンの髪からも発せされているようだ。

「はぅ、んっ、先生……っ、もっと……♡」

平静に見えて、彼女も相応に興奮していたらしい。小さくぐずるような声で、より深い繋がりを求めてくる。

「……舌を入れるから、絡めてくるんだ。いいな？」

「ええ、おいでくださいませ……あむんっ♡　くちゅ、むちゅっ、れぷっ、んぷっ♡」

静かに、けれど濃密に交わる牡と牝に、見学者たちのボルテージが高まるのを感じる。

お淑やかな子も活発そうに見えた子も――皆一様に身を固くして、座席からぴくりとも動けないまま、瞬きもせずに俺たちの姿を焼き付けている。

「きゃ、あっ♡　せん、せいっ……」

キスの位置を唇から頬に変えて、そのきめ細やかな肌の感触を楽しむ。さらにその上を滑っていき、特徴的な長い耳にも口づけを浴びせる。

「く、くすぐったいですわっ、いけませんっ♡　あっ、あっ、そんな、アっ……！♡」

エルフ耳の耳殻に舌を這わせ、チロチロと嬲っていく。

「――ァアっ♡　んっ、う♡　あ、穴にまでっ……そ、そんな音を立てないでくださいましっ♡

あッ、先も、あんっ、そこっ――♡」

耳を愛撫しつつ、俺は興奮に任せ鼻先をプリメラの髪へと突っ込む。くしゅくしゅとすると、甘い香りに鼻腔が満たされて牡の本能が強く刺激される。

魔力の集まりやすい場所。アルラウネにとっては、頭花に近い場所がその一つなんだろう。

「ジュロロっ、ぐぷ！　グプっっ！」

「あふッ⁉　い、いやっ、耳だけで、そんなにっ――あ、アッ……！♡　せ、せんせいっ、足がガクガクしてしまいますわっ……♡　どうか、ベッドに――」

いつの間にか俺の背中に腕を回してしがみついていたプリメラが、懇願するように言う。

「ああ――」

俺はお姫様抱っこの体勢で彼女の細い体を持ち上げた。俺たちは生徒たちからの羨望のまなざしを浴びて、ベッドの真ん中へ。ハイヒールのままのプリメラをゆっくりと下ろして座らせる。

「プリメラは、みんなに見てもらいやすい格好のほうがいいんだよな？」

「……ッ！　はい」

「じゃあこれだ。膝、立てて」

俺はプリメラの背後に座って、彼女の膝に手を置き、ぱっくりとM字開脚させる。

「これは……とても淫らな格好ですわね……♡」

ぴたりと背中を預けてくるプリメラ。彼女の肌と髪の匂いを濃く感じながら、その長い耳や長い睫毛を間近で見る。ツンとした乳房もすぐに手に収めることもできる体勢だ。

正面の生徒たちからは、M字に開かれたプリメラの美脚と、布面積の小さいショーツに包まれた下腹部が丸見えだ。

「皆さん、見やすい席に移動して構いませんよ」

先生その一言で、背後の席にいた生徒たちは無言で正面に回る。

「見られて――ますわねっ♡　級友の皆さんに……♡」

プリメラの体温がグッと上がるのを感じる。彼女の横顔に手を添えてこちらを向かせ、再びディープキス。

「はむんっ♡　はちゅ、ぁむっっ――あっ、あッッ♡」

キスをしながら両手で乳房を揉む。薄いレース越しの乳房。目で見るよりずっしりとした量感で、弾力も申し分ない。先端のコリコリを優しくつまんで擦ってやると、

「あッッ、あ!?♡　こ、こすれるッ♡　先生の指にいじめられてっ♡　あ、アンっ！　わたくしの乳首、はしたなくなってしまいますわ♡」

初々しく敏感な反応を見せてくれると俺も嬉しくなってしまう。

「みんなに、もっと見てもらおうな」

前開きのベビードールを左右に剥がして、素のままの果実を両手で包み直す。

——モニュっ♡　むにゅむにゅっ♡　プルンっっ♡

「ッッ、はあんっ♡　あっ、あ、男性の手、こんなにっ……！♡　滅茶苦茶にされているのに、優しいだなんてっ、うっく、んぅう♡」

「次はここを——」

「……——ッッッ⁉」

右手を下腹部に伸ばしたその時だった——俺は、何か違和感を感じ取った。

「〜〜〜っ、よ、ようやく……ですわねっ？　う、嬉しいですわ……さあ、皆さんの前でわたくしの処女を……っ、性行為をご覧いただいて……っ」

処女喪失セックスへの期待に包まれる他の生徒たちと裏腹に、わずかに——ほんのわずかに、プリメラの声が硬くなっているのに俺は気づいた。

喘ぐ声の延長線で甘ったるい響きを演出しようとしているものの、それが上手くいっていないような声音だ。

もしかして——

「プリメラ」

「は、はいっ⁈」

「もう一回キスしようか」

「あ、なぜ——んっ」

やはりどこかさっきとは違って、しなやかだった肢体がどこか強張っている。それでも、しばらくキスをするうちにリラックスしてきたが、

「あっ、んっ……ちゅぷ♡……せ、先生？　なぜわたくしの体を……性器を撫でてくださらないのです？　わたくし、何か粗相を……？」

不安げなまなざしで背後の俺を見つめ上げてくる。

「──怖かったら最後までしなくてもいいからな？」

「えっ──」

プリメラは目を見開いて俺を見つめる。

「な、なにをおっしゃっているのですか？　これは先生のための『試験』ですよ？……性奴隷となるため、ひいてはこの学園を救うための……そしてわたくしにとっても、立派な淑女になるための、大事な──」

切羽詰まったようなプリメラの声と、生徒たちの困惑するざわめき。

俺が無言で彼女のお腹に右手を添えると、

「あッ──、あ、あの……っ」

また強張って、プリメラの脚が下腹部を守ろうとピタリと閉じられる。

「……ち、違うんですっ、これ、これはっ……！」

狼狽するプリメラ。

俺はこっちの世界の特殊な常識にばかり気を取られていたし、初対面のときからのプリメラの落ち着いた態度ですっかり思い込んでいたが――

この世界にだって、初体験が怖い子はいるはずだ。

もちろん、性行為実習を望んで入学している生徒ばかりだから拒むことはないのかもしれない。魔力で守られている彼女たちの体は背負うリスクは低いのかもしれない。

しかし、いざその時を前にすれば怖くなっても仕方がない。

「わ、わたくしの頭花を開かせなければ、先生は正式な性奴隷になれません。学園長も――」

「そっちは俺がどうにか説得するよ。ノープランだけど」

「そんな無茶なっ……」

「プリメラは生徒なんだから、そんなこと気にするなって。性行為実習は『楽しく気持ち良くなければ意味がない』って学園長ちゃんも言ってたし。肝心のプリメラが楽しくも気持ち良くもなかったら、性行為実習にならないだろ?」

「わ、わたくしは、アルラウネ族です――っ、魅了の魔力を生まれ持った……皆さんを幸せな気分にさせなければなりません……！　それが責務、だからわたくしは――」

そう。だから努力もするし、強がりもするんだろうな。

けれど、俺の腕の中でプルプル震えているのは年相応の女の子だ。立派な淑女になるのはゆっくりでいい。

「わたくしは……っ、ほ、本当に……」

髪を撫でつけてやっていると、プリメラの顔から険が取れていく。長い睫毛が頼りなさげに揺れて、

「……本当に、よいのですか？　先生にご迷惑が……」

「だから、生徒がそんなこと気にする必要はないから。あー、でも。俺もこのままじゃ治まりつかないからキスと愛撫は続けてもいいか？　プリメラが怖くないところまで触るけど」

「先生……。はい。お願いいたします……わたくしも、先生に触って欲しい……口づけも、どうか……んちゅ♡」

重責から開放されたからか、他の生徒たちのお手本になろうという意識からも自由になって、プリメラはただ夢中でキスをねだってくる。

強がりを捨てたプリメラは声も表情もあどけなくなって、

「んっ、んっ♡　せんせいっ、リュータせんせいっ……あ、んっ♡　……チュっ、ちゅっ♡」

愛撫する俺の腕に、自身の細い腕を絡みつかせて甘えてくる。

「お腹は触っても平気か？」

「ええ……リュータ先生の手、安心します……温かい♡」

おへその辺り、余計な脂肪のまったくないスベスベな腹部を、手のひらで円を描いて撫で回す。

「んっ、ふぅう……っ♡　先生、魔力の扱いを？……じんわりと、先生から熱が伝わってくるよ

うです……。はあっ、あんッ……！　お、おなかの奥が、ジンジンと……♡」

子宮には魔力が集まりやすいと聞いた。俺に他人の魔力を操作するほどの技術はないが、それでも、手のひらに魔力を集中させて撫でることで一定の効果はあるみたいだ。

「怖い？」

「……いいえ、逆です。ずっとこうされていたい……先生、キスもやめないで……れうっ♡」

口づけも粘膜接触。唾液にも魔力を込めれば、与え合うことができる。

「じゅるるっ♡　凄い……リュータ先生と溶け合っているみたい……♡　先生、わたくし……もっと淫らなところも撫でてもらいたくなって……お願いしてもよろしいでしょうか？♡」

お嬢様の可愛らしいリクエストにお応えして、俺はマッサージの範囲を広げる。

描く円を広げ、お腹から淫裂に至るまで。

シルク生地の下着の、ツルツルとした触感。プリメラに女性器全体を意識させるように、ゆっくり、大きく、円を描く――

「あっ♡　はッ……あくッ♡」

もう足は閉じられていない。見せつけるような開脚でもなく、ごく自然とリラックスした体勢で、プリメラは下腹部へのマッサージを受け入れていた。

手のひらで軽くお腹に振動を与えてやると、プリメラの声にも甘い響きが増してくる。

「あ、あ、あ――っ♡」

横顔からも分かるくらいトロンとした表情になっていて、当然それは見学の生徒たちからは丸見えだ。

お腹の上からのポルチオマッサージに、プリメラの腰がビクビクと勝手に痙攣し始める。その意図せぬ淫らな腰使いと、聞いたことのないプリメラの喘ぎ声に、生徒たちはすっかり夢中になっていた。

始業前は未知の行為に張り詰めていた教室の空気だったが、もう彼女たちはそれどころではなくなっているようだ。

「……プリメラ様っ、なんて気持ち良さそうなお顔……可愛い」「見てください、あんなにヒクヒク……♡」「撫でられているだけなのに、気持ちいいの？」「絶対きもちいいよ、あれ♡」

見ると、何人かの生徒はスカート越しに自分の下腹部を押さえつけている。中にはあからさまに太ももの間に手を入れて、モゾモゾと自慰すら始めている。

「素敵っ、プリメラ様、先生も♡」「入れなくてもいいんだ、あれも性行為なんだ……っ」「授業、受けたいっ♡　私も早く、先生の実習っ、はやく……アンっ♡」「私も、んッ、やっ、もう湿っちゃってる♡」

一部が始めた自慰が次々に伝播して、ささやき声のような若牝の喘ぎが辺りから漏れてくる。

「良かったな、みんな喜んでくれてるみたいだぞ？」

「はふ、はふッ♡　こ、腰が勝手に……！　先生の手に付いて行ってしまって、ああ、あああ……！　子宮をそんなに撫で回すなんて……！　わたくし、狂ってしまいますっ♡　リュータ先生っ、わたくし、子宮に魔力が集まって――っ♡」

子作りの準備だ。それに伴って、プリメラの下半身に強い快感が広がっているらしい。

「あッ、あッ、ぉっ⁉　おッ、おッッ⁉♡　あ、アクメ来ますっ、しきゅー撫でられてっ、わたくし、昇り詰めてしまいますわっ⁉　せんせい、せんせいっっ――、んくッッ⁉　アクメっ、しきゅーあくめ♡　アクメしますっ♡　お、ぉオっ、おッッお⁉♡」

――ビクビクビクっっっ♡

マッサージの緩やかさからは信じられないほどの激しさで、プリメラの下腹部が大きく跳ねる。

「しきゅーいきっ、激しッ――んィいいいッッ⁉♡♡　あッ、あひッ、はひッッ――⁉♡」

俺が撫でる手を止めても、プリメラの腰がヒクつくのはまったく止まる気配がない。

「せ、せんせッ、しきゅー、オマ×コもっ♡　いぐの、やめてくれませんわっ♡わ、わらくひ♡おかしくなってひまいまふッ♡　んひっ、んひッ――お願いいたしましゅっ、どうか、オマ×コも、ナデナデしてくださいましっ、直接、直接触ってくらはいッ――！♡」

イキながら縋ってくるプリメラには、もう最初の令嬢然とした雰囲気は完全になくなっているが、その姿に失望する者はこの教室には誰もいない。

「下着、脱がしてもいいのか？」

「脱がせてっ！　わたくひのオマ×コ、直接撫でてっ♡」

紫色のショーツの、左右の紐を順に解いてやる。プリメラは俺の手の動きを目で追って、期待に肩を震わせている。

「オマ×コ、びしゃびしゃになってるっ♡先生に脱がしていただいて、嬉しくなって♡」

プリメラは淫らに腰を上下させて、

「せんせいっ♡　ナデナデしてくらしゃいっ♡　プリメラのオマ×コ、先生の手でっっ♡」

――ヌチュン、にゅこにゅこっ♡

「ふぁあああああッ⁉♡　きた、きたのぉっ♡　せんせいのナデナデ、オマ×コにもきたっ、変な音、出てしまいますわっ♡　またアクメしたいっ、アクメしたいっっ♡」

ぬかるみ切った牝の肉襞を、指でなじってやる。縦スジに沿わせた中指で、左右に素早く。

――ねちゃねちゃネチャネチャッ、ぬぢょぬぢょッ♡　じゅくじゅくじゅくッッッ♡

「んぉお⁉　オマ×コ♡　くりとりしゅ♡　いぐ、いぐっっ♡」

魔力たっぷりの淫乱愛液が、実習室のシーツをビチャビチャに濡らす。

周囲を魅了するプリメラのフェロモンがまき散らされて、しかもそれが一生懸命に自慰に耽る生徒たちとの牝臭とも混じって、魔力感知の下手な俺でもこの空間が濃密な魔力で充ち満ちているのがはっきり分かるほどだ。

はしたなく何度も絶頂しても飽くことなく俺の指愛撫をねだるプリメラは、一度ゴクリと喉を鳴らすと、声を絞り出すように言った。

「し、したい……先生、したいですっ！　先生とセックスさせてくださいませっ！♡」

「怖くないのか？　無理はするなよ」

「無理などしていませんわっ！　せ、せんせいにっ、おちん×んでナデナデしていただきたいのです、オマ×コの中、しきゅーも、いっぱい愛していただきたいのですっ♡　穴、わたくしの処女穴、先生のおちん×んで大人にしてくださいませんか……っ♡」

「――わかった。体位は任せてもらえるか？」

俺は背後から彼女の両脚を抱え上げて挿入する、はしたない方法を選んだ。

それも――立位で。

「え、え、ええっ……⁉♡」

座った状態から、細身とはいえ女子生徒を一人抱えながら立ち上がる――魔力をうまく操作すれば可能だ。

こっちの世界の男ではひねり出せない筋力を発揮する俺に、

「お、男の人なのにっ、力、強いっ……！♡」

うっとりした声でプリメラが言う。

ベッドの上で完全に立ち上がると、そそり立っている俺の男根がプリメラの女性器を覆い隠してしまう。

プリメラを羽交い締めにしての、駅弁スタイルの後背位。自由に動ける状態だと貫通を怖がて変に力が入って、余計に負担を与えてしまうかもしれない。これなら俺が完全に主導権を握ることができる。

とはいえ処女に対してはアクロバティック過ぎる体位。

彼女が嫌がったらすぐに体勢を変えるつもりでいたが、

「こんな、――ああっ♡　先生に抱えていただいて……っ♡」

さっきまでの恐怖心は快感に押し流されてしまっているようだ。

「プリメラ、穴まで案内してくれるか？」

「ここ、ここですっ♡」

プリメラは懸命に右手を伸ばして亀頭に指を添え、自身の膣口へと導く。

「ここがわたくしのオマ×コ穴ですっ、まだ誰にも入られたことのない、花びらの奥っ♡」

「プリメラが処女じゃなくなるところ、みんなに見てもらおうな？」

「はいっ……！　あ、ぉ、あ――っ!?♡」

――ニヂ、ニヂュ、ヌヂィっっ……！

入口は狭いが肉襞は粘っこい蜜で塗《まみ》れていて、予想していたよりも挿入はスムーズそうだ。

プリメラの体を少しずつ下ろしていくと、亀頭は、すぐに処女のあかしに突き当たる。

「いいか？」

コクコクと必死にうなずくプリメラと、真剣な表情の生徒たち。

「いくぞ、プリメラ――」

彼女の呼吸に合わせてそこをブツン、と突き破ってやる。

「――ひぐぅうッ⁉　これ、これがセックスッ⁉　せんせい、オマ×コが熱いですわっっ‼」

破瓜の痛みに身を震わせているが、それでも、プリメラは何とか受け入れようと努力している。

「入って、きてっ♡　せんせいチ×ポ、もっと入ってくださいっ♡わたくしっ、先生と本当のセックスがしたいのですっ……！♡」

――ズチィ、ぐじゅ、ぬぢゅんッッ♥

「お、おく♥　奥まで来てるうっ♥　チ×ポ、せんせいチ×ポっ」

生徒からも声にならない声が上がる中、肉棒はプリメラの最奥まで届く。ギチギチに絞め付けてくるヌルヌルの肉壁。

「怖かったのに、頑張ったな」

「い、いいえっ、先生にたっぷりナデナデしていただいたから♥　……ビリビリするけど、気持ちいいのです♥　お、おッ♥――せんせいチ×ポに、セックスされるの気持ちいいッッ♥」

――ぐぽ、グジュっ♥　ずぽっっ♥

持ち上げたプリメラの体を、ごく短いストロークで上下にゆさゆさと揺らしながら、膣に快感を覚えさせていく。

「俺も、プリメラの膣気持ちいいぞ？　蜜いっぱいの肉襞が絡みついてきて、俺のこと舐め上げてるみたいだ――っ」

「……ッ！♥　う、うれひいっ♥　せんせ、とっ――、せっくしゅ、うれしいですわっ♥♥」

両腕を背後に、俺の首に回してのけ反り、綺麗な髪を振り乱すプリメラ。

俺も汗だくだ。全身を使っての性交と、何よりプリメラの膣穴が気持ち良すぎて。

「膣内射精していいか？　プリメラの子宮に、俺の精液入れたい――ッ」

「はい、出してくださいましっ‼　先生のこってり精液っ♥　わたくし、咲かせますからっ、頭花を咲かせます♥　先生には、ずっと先生でいて欲しいからッ――もっともっと、たくさんセックスしたいから、みんなにもして欲しいからっ♥　だから――出してくださいっ、先生の精液を、わたくしの子宮にお恵みくださいッ♥　先生のせーしで子宮アクメしたいのですっ♥♥」

結界のおかげで孕ませられないのはわかっていても、牡の本能が種付け射精に向けて準備を進めていく。

高揚感が留まることを知らない。たまらずに、俺はプリメラの首筋に吸いつく。髪と肌からの甘い香り。汗ばんだ肌の感触。

「せんせい、あんッ♥　キスマーク付けてくださいっ！　首とオマ×コにっ、先生のこと刻みつけてっ♥　あんッ、あんッッ♥」

「プリメラ、出すっ、出すぞッ――――！」

――びゅぐッッ！　びゅぱっ！　ぶびゅぅううッッ！

プリメラの最奥へ、精が放たれていく。

尿道を押し広げて流れていく精液へと魔力を充填させて、プリメラの子宮内をしっかりとイメージしながら、

「プリメラっ、精液受け取ってくれっ！」

「どぷどぷ、来ていますッ⁉♥　魔力たっぷりの精子が、あ、あひッ⁉♥　アクメ、するっ！♥　魔力濃すぎて、しきゅーいくっ♥　ひぁあああっ⁉♥」

俺のペニスの脈動に合わせて、プリメラの腰も歓喜でビクビク跳ねる。

「すっげ、まだ出るっ――」

――ドクドクっっ！　びゅぶ、ビュブッ‼

ふわっ、と、気品ある香りが漂う。

アルラウネの頭花が開花と同時に放つ媚香《びこう》だ。

撫子色の大輪の花が咲く。美麗な花弁から漂うその香りは強い魔力を含んでいて、それが魅了の効果を高めているのか、プリメラへの劣情が抑えられないほど鮮烈になる。

「うぐッ、ま、また出るっ、射精するッ――――！」

「浴びたいっ♥　せんせいの精子っ、子宮にお恵みいただくと、気持ち良いのですっ♥わたくしに、わたくしの子宮に覚えさせてっ♥　せんせいの精子覚えさせてっ♥♥」

彼女の子宮にぴったりと肉棒を押しつけて、濁流のように精液を押し出す。

「おッ、オっ♥　おッッ♥♥♥　キス、キスをっ……ンじゅる♥　ぢゅぱ♥　んぢゅぅうっ♥……中出し子宮アクメ……っ♥　す、素敵ですわっ……♥　んおお、おっ……♥」

甘い唾液をすすり、体液まみれになった性器を擦り合いながら、プリメラの体力が尽きるまで膣内を往復した。

「……ぉ、あ、せんせいチ×ポ、抜けてしまいますわ……っ♥　んぅう、うっ……♥」

プリメラはペニスを引き抜かれるのを惜しんでくれるが、彼女の体力はもう限界だろう。

俺のほうは二度の射精を経たにも関わらず勃起が鎮まることもなく――

膣から抜いてもまだ脈打っているソレに、生徒たちの視線を浴びるのを感じながらその日の実習を終えたのだった。

■　■　■

午後の時間帯。俺はまた売店のカウンターに立っていた。

今は五限目の授業が始まったところで、辺りに生徒や先生の姿はない。

「あれが性行為実習かぁ……」

ポツリと独り言。午前中の性行為実習の余韻は、まだ体のあちこちに残っている。プリメラの体の気持ち良さを反芻しようと思えばいつでもできる。

本当に、生徒に膣内射精をしても罰せられるどころか、生徒たちからは羨望のまなざしで見つめられるし、担任の先生からも満足げな笑顔で労ってもらえた。

もう一人の当事者であるプリメラはさすがに体力が尽きてグロッキーだったが、俺は先に退室させられたからその後のことはわからない。大丈夫だったろうか？

——なんて思っていたら。

「ご機嫌麗しゅう、リュータ先生？」

授業中のはずのプリメラが一人、廊下を歩いて売店までやってきた。

「プリメラ。体は大丈夫か？」

「ええ。もちろんですわ」

セミロングの髪を耳に掛けながら彼女は、

「むしろ活力が漲って来ますの。太陽を浴びるより、ずっと。……先生に膣内射精していただいたおかげですわ……♡」

そっと下腹部を撫でながらはにかむプリメラ。

ストレートに言われると何ともむず痒い気持ちになる……そうだよな。ついさっき、このプリメラとセックスして中出ししたんだよな、俺。

「ご覧ください。頭花が――こんなに美しく」

首を傾け、魔力で咲く頭の花を見せつけてくる。

「先生の精液、アルラウネの子宮を孕ませるに十分過ぎるほどの魔力を含んでいたようです♡今しがた、学園長先生にもお伝えしてきたところですわ。リュータ先生はとびきり素敵な性奴隷の先生だと♡」

なるほど、学園長ちゃんに呼ばれていたからこの時間帯に廊下を出歩いていたのか。

「――俺、まだ学園長ちゃんの判定は聞いてないんだけど」

「『合格』ですわ」

間髪入れずプリメラが答える。

「女王様への報告は必要ですが、学園長先生の段階では文句はないそうです。『これほど見事な頭花は見たことがない。精子に籠もった魔力の質がよっぽど高かったのだろう』――と」

自慢げに話すプリメラ。頭花を褒められたことより、俺の精子について語っているときのほうがなぜか嬉しそうだった。

――しかしそうか、学園長ちゃんからは認めてもらえたか。

結果が大事だと言っていたけれど、その点、アルラウネの頭花はズルのしようがなく、女王サイドにとっても認めざるを得ない『成果』というわけだ。

ま、それよりプリメラが満足そうで良かった。

「『立派な淑女』ってのにはなれた、ってことでいいのかな」

「どうでしょう。わたくし、まだ現実感がありませんの。あんなに不安で怖かったのに、先生を受け入れたらこんなに満ち足りた気分になるだなんて。ヒリヒリはしますが、ここ……まだ、とっても温かいんですのよ？　本当に忘れられなくなりそう……♡」

プリメラは見せたことのない慈愛顔で微笑んで、

「先生、クラスメイトの皆さんからもとっても人気ですのよ？　あのあとしばらくボーッとして、誰も授業に身が入っていなかったそうです」

実習のことはすぐに全校を駆け巡ったようで、さっきの昼休みは押し寄せる生徒をさばくのが本当に大変だった。

「ああいうときは、またプリメラに助けてもらいたいよ。……あ、そうだ。これこれ」

「なんですの？……あ、羽ペン」

先日、プリメラが買い損ねていた羽ペン。新たに入荷したその一本をプリメラに差し出す。

「うぐ、覚えてらしたんですね……！」

「ふふふ、これでも売店のお兄さんだからな」

恥ずかしい出来事を掘り起こされてプリメラは、赤面しながら言い放つ。

「——もう、仕方のない先生ですねっ。頂きますわ」

学園通貨の銀メッキコインを一枚カウンターに差し出してきたプリメラに、羽ペンを一本包装して手渡す。

「あの——」

「ん？」

プリメラは、何の変哲もないその羽ペンを胸にぎゅっと抱きながら、

「大事にします。……ありがとう、先生」

まだまだ淑女とは呼べない、少女めいた笑みを残して去っていった。

■　■　■

「試験突破おめでとうございます、リュータさん！」

さらにその夜。俺が試験をクリアしたことを聞き及んでいたというラビは、お祝いにと手作りのケーキを振る舞ってくれた。

「お菓子も作れるのか……本当に料理好きなんだな、ラビ」

「ええ、美味しい物をお腹いっぱい食べるのも、食べてもらうのも！……お味いかがですか？」

「ラビ——」

「は、はい」

「ケーキも最高。天才」

「…………っ！　えへへ、そうでしょう？」

親指を立てて賞賛する俺に、照れ笑いしながらサムズアップを返してくるラビ。

今夜も最高の夕食を終えて、話題は実習の話に自然と移る。

「もしかしたらさ、学園長ちゃん、プリメラのこと分かってて試験の相手に選んだんじゃないかとも思うんだよな」

「初体験を怖がっている子もいるから、ってことですか？」

そういう生徒を相手に、俺が上手くエスコートできるか。

さらにはプリメラを満足させて頭花を咲かせられるか――そんな意図の試験だったのかもしれない。実際、あの実習を見学していた生徒の中にも同じ不安を抱いていた子もいた。昼休みにやって来て「勇気が出ました」と感謝のことばをくれたのだ。

カリスマであるプリメラが素直に自分の気持ちを伝えて、その上で実習が成功裏のうちに終わったことが、学園内の空気をより良い方向に変えている向かわせているらしい。

「学園長先生ならあり得ますね。……それに、それだけリュータさんが期待されてるってこともあると思いますよ？」

「………。ところでラビ」

「はい？」

「なんか今日、やけに密着して来るね？」

今は洗い物も終えて、ラビの荷物が増えてきたキッチンを二人で整理しているところだった。

作業中、ラビはやたらと俺の腕にくっついて来て、しかもスリスリと体を擦りつけている。

「そ、そそ、そんなコトないですよー……？ ただ、リュータさんいい香りがするなあって思って……ぷ、プリメラ先輩の匂いですかね？ 今夜は、この香りに包まれてリュータさん眠るのかなぁ……とか思っただけで……」

他の子とエッチした話も顔色一つ変えずに聞いてくれるし、性奴隷ってのはそういうもんだろうし。

とはいえ嫉妬してくれないのも寂しいな、とか自分勝手なことを思っていたものの——

「お、お邪魔でしたよね、色々と……！」

すっと身を引こうとするラビのほうを向いて、抱き留める。

「わっ、え——っ？」

「俺さ、魔力操作もだいぶ上達したんだよ。特訓と試験のおかげで、魔力を精力に変換することにも慣れたし。でもまだまだだと思うんだよなぁ……どこかに、俺にじっくり教えてくれる、信頼できる家庭教師がいないかなぁ……手取り足取り教えてくれて、性奴隷のお世話を買って出てくれるような積極的な子が……」

「――い、いるかもしれませんね？　意外と近くに――っ」

「取りあえずの試験は終わったけど、今後のこともあるし、寝る間も惜しんで働かないと」

「性奴隷係もお務め果たさなきゃいけませんしね……っ、お、お部屋、行きましょうか♡」

などと茶番を演じつつ、俺たちは今日も夜の労働に励むのだった。

第3章　プルプルぷにぷに♪　妹系女子を孕ませろ！

「おー、アレも魔術っすか」

学園には性行為実習以外の授業もたくさんある。

座学も興味があるが、やはり前世ではお目にかかれなかった魔術の授業が一番興味深い。

とはいえ俺はこの学園ではすっかり有名人だ。まぢかで見学してしまうと、生徒たちが注意散漫になって授業にならないらしい。

だからこうして離れた場所から眺めるしかない。覗き魔みたいで嫌なんだけど。

ここは屋上。

この覗きスポット――もとい、観察スポットを勧めてくれたのはテレジア学園長ちゃんだ。

「さっきのは武具錬成の魔術じゃな。ドワーフ族は生成や鍛錬の魔術に長けておる。岩と木材から斧を造り出すなどは朝飯前じゃよ。その応用で建築も得意でな」

「なるほど。しかし……なんで肩車なんすか？」

彼女は俺の肩に乗り、小さな足をブラブラさせながら、

「妾の身長では柵が邪魔での。不服か？」

「いいえご褒美です」

ロリ狐娘の肩車を嫌がる男なんてこの世に居るだろうか？　いや、居るはずがない。

そうじゃろうそうじゃろう、とご機嫌で俺の頭をポンポンしてくる学園長ちゃん。可愛い。

「――で。俺と一緒にこうして見学してるのは、次の試験の事務連絡ですか？」

「お？　察しが良いのぅ。……そんなに生徒とまぐわいたいか？　さすがの性欲じゃなぁ」

おのれ、この年齢不詳美少女上司め。

「否定はしないっすけども」

「素直で良い、良い」

ピョンっと俺の肩から降りて、

「もう選定は終わっておる。次は二年生じゃ」

二年生。ラビの同学年か。

「色々と趣向を凝らそうかと思案もしておるし、楽しみにしてもらってよいぞ？」

「どんな悪巧みっすか。プリメラのときみたいに一石二鳥を狙ってるとか……ああいうの、先に言っておいてくださいよ」

「んー？　なんのことかのー？　妾わからーん」

「その歳でカワイ子ぶってもっ――て痛っっ⁉」

扇でおでこを叩かれた。物理攻撃とは卑怯な。

「次はスライム族じゃ」

スライム族——外見の造形は人間とほぼ同じ。ただしその肉体がすべて『スライム』で構成されている種族だ。

ちなみにこっちの世界では俺がよく知る『人間』は、ヒト族と呼称されている。他種族のように際立った身体特性はないが、それがむしろ魔術の使用に適しているらしく、より幅広い魔術を扱えるのが特徴だという。

魔力の強さではエルフ族などには劣るものの、多彩さではヒト族のほうが勝る。性奴隷という職業には魔力が強いほうが適しているが『種付け』に関してはヒト族のほうが好まれている——なんと、他の種族と子を成しやすいんだそうだ。

その点、俺はヒト族がベースのうえ、規格外に魔力が潤沢。そりゃあ性行為に興味津々な女子たちから好かれるわけだ。

「二年生のスライム族……」

俺は該当者にすぐ思い当たる。というか、この学園にスライム族は一人しかいなかった。

「ヤれるか？」

「そりゃあもちろんっすよ」

スライム娘とのセックス。異世界でなければ絶対に体験できないことだ。テンションは上がる。

「よし。ではリュータよ、そちが伝えるのじゃ」

「はい？」

「まだ相手には試験のことは伝えておらん。――そちが直接伝えて来い。『俺とセックスしろ』とな」

■■■

次の休み時間、俺は教室棟を訪れていた。

前回、プリメラのときには学園長ちゃんに引き連れられて行ったが、今回は俺だけだ。

俺が生徒に性行為の相手になるよう告げる――

「……これも、どセクハラだよな」

前世だったら即刻通報される案件だ。気は乗らないが、これも仕事のうち。

校舎の二階、二年生の教室フロアに行くと、俺の周りにわらわらと生徒が集まってくる。

この学園に召喚されてそろそろ一週間が経つが、彼女たちの興味はまったく尽きることはない。

廊下を進むだけでもひと苦労だ。

途中、二年A組の教室の前を通りかかると、ラビがクラスメイトと談笑していた。

向こうもこっちに気づき、そして俺が緊張している姿を見て――どうやら色々と察したらしい。

無言で拳を握ってファイティングポーズを取って、

（がんばってください……！）

と、口元だけを動かしてエールを送ってきてくれた。

俺は軽くうなずいて返し、休み時間の喧噪の中を目的地までたどり着く。

二年C組の教室。

「し、失礼しまーす」

ドアをくぐると、いっそう大きな歓声が俺を迎えた。

この学園に通う生徒はお嬢様が多い。貴族の令嬢や、あるいは大きな商家の娘だったり。

礼儀作法の授業もあるので慎みも身につけているはずなんだが――俺を前にすると興奮を抑えきれなくなる。正直、いい気分だ。

はしゃいで騒ぐ中の一人に、俺はお目当ての生徒を発見した。

「……アズ。話があるんだが」

アズ・ノーティラス。スライム族の女の子。

やや背の低い、ショートカットの女子生徒だ。青色のスライムで、肌はもちろんのこと髪の毛も目も同じ青色。しかし唇だけには赤みがさしているというか、ほんのりピンク色をしている――粘膜部分は、他の部位もこんな感じなのかもしれない。

「え、ボク？　なになに、お兄ちゃん先生、もしかしてボクに興味津々だったりする？」

アズは貴重なスライム族で、貴重な『ボクっ娘』なのだ。

髪型などはボーイッシュな雰囲気だが、胸の膨らみはボリューム感十分で、しかもスライムだからか動くたびにプルプルと上下左右に揺れる。表情や仕草は愛らしい妹系なのに、そのたわわなスライムボディのせいで男を誘っているようにすら見えてしまう。

ちなみに売店の常連で、昼休みには必ず顔を見せてくるうちの一人だ。

「だから、その『お兄ちゃん先生』って——」

「だってー。先生でー、だから年上でー、男の人だからー、お兄ちゃんで先生でしょ！」

嫌な気分はしないが、くすぐったくなる呼ばれ方だ。

それに、こんな風に妹っぽくじゃれつかれているとなおさら言い出しづらい。

「アズ。聞いて欲しいんだが……俺とセックスしてくれ」

「——!!」

目をまん丸く見開いて驚くアズと、一拍遅れて騒ぎ出すクラスメイトたち。

セックス発言がセクハラになるどころか、大歓迎されるのがこの学園だ。気になるのはアズのリアクションだが、

「する！　するするるっ！」

目を輝かせて喜んでくれた。けれどそれだけに留まらず、ブレザーを脱いでリボンタイをぽいっと放り捨てたかと思うと——ブラウスまですぽーんと脱ぎ去った。

「ちょっ、おい⁉」

ノーブラだ。ぷるんっと透けたスライム乳房が凄まじい弾力で揺れる。

そしてそんな姿でアズは、

「セックスするーっ！」

がばっと俺に抱きついてきた。

うおお、プニプニの感触……⁉

頬ずりされて、スライムほっぺの弾力とか、腕の柔らかさとか——何より、Ｆカップはありそうな胸の感触も、他の女の子とはまったく違う。

「わ？　お兄ちゃん先生もうおっきくしてる！　したいの？　そんなにアズとしたいの？♡」

「そうだけど……そういうことを言うな！　っていうか太ももでグニグニするな！」

「でもお兄ちゃん先生。アズとするの、大変だよ？」

「——大変？」

「だってボク、スライム族だからさ。精液、たくさん飲んじゃうよ？」

これは試験だ。学園長ちゃんからは単にアズとセックスすればいい、とは言われたが、わざわざスライム娘を相手に選んだからにはそれなりの理由があるはずだ。

「スライム族のこと、よく知らないんだが」

「えー？　それでも先生なのー？　しょーがないお兄ちゃんだなー♪」

ニコニコ笑顔のままアズは、

「スライム族には、男の人のせーえきってご飯と同じなんだよ。……で、ボクたちはたくさん食べる種族だから！」

そういえばアズは売店の常連で、昼休みはいつも真っ先に食料を買い漁りに来る。

「食べ物よりたくさんの魔力が詰まってるから、精液は大好物なんだ！……ボクはまだ飲んだことないけど。あと、スライム族は妊娠しないの。自分一人でも増えられるから」

単為生殖か？　分裂でもするんだろうか——

「じゃあ、セックスは食事みたいなもんか？」

「だねー。あ、でも絶対妊娠しないワケじゃないよ？　お腹で消化しきれないくらいたくさんの精液を注いでもらったら、気持ち良くなれて、妊娠もできるんだって！　お腹が……赤ちゃんのお部屋が満足するくらい、すっっっごく大量の精液だったら、セックス気持ち良くなっちゃって、赤ちゃんも出来るって」

「そういうことか——」

性行為は楽しく気持ち良く。

アズの場合『気持ち良く』なるためには大量の精液が必要。

授業で妊娠させるわけにはいかないが、要は射精量の試験ということなんだろう。

プリメラのときは精液に魔力を込める技術を学ばされた。今度はそれを維持しつつ『量』を試されるわけだ。

「よし、アズが妊娠快感を覚えられるくらい大量に膣内射精してやるからな」

「ホント～？　約束だよ？」

挑発的な笑顔のアズは、半信半疑というか『そんなに射精できないでしょ？』とでも言いたげだ。いいだろう、やってやろうじゃないか……！

■　■　■

「それで試験はいつになったんですか？」

「一週間後。午後からの時間帯だってさ」

夜は恒例、ラビとのイチャイチャタイムだ。

美味しい食事、見ているだけでウキウキするラビの笑顔、耳心地のいい声。一緒に過ごすうち心の距離感も自然と近くなっていて、変な緊張は解け、心底リラックスできる時間になっていた。

相性がいいのは体だけじゃなかったらしい。

「六限目と七限目の授業、両方使っていいんだと。教室も俺が自由に選んでいいらしい。それにしても大量の射精かぁ……体力、いいやこの場合は魔力か……持つかな、俺」

お仕事――つまり生徒とのセックスについての報告と相談。

　そんなことも日常になっている。

「リュータさんの魔力量は相当なものです。それでも比較的短時間のうちに連続して消費するのは大変ですよね。――……。ところで」

「ん？」

「ほ、ホントに一緒に入るんですか？」

「いいじゃん。いつもお互い裸見せてるんだし」

「そうですけどぉ……！」

　さて。なぜラビが恥じらっているかというと。

　ここは脱衣所。

　今夜は俺の提案で、一緒にお風呂だ。ベッドでは毎晩肌を合わせている俺たちだが、混浴は未経験。ラビが恥ずかしいからと言ってそれとなく避けていたからだが――今日は俺のワガママを通させてもらった。

　しかし、この期に及んでもラビはまだ恥ずかしがっていて、制服のブラウスまでは脱いだものの上半身はキャミソール姿で止まっている。

「何というか、また違うんですよぅ……うう、ぬ、脱がなきゃダメですか？」

「下着とスカートじゃ入れないだろ」

「リュータさんは……もう全裸なんですね！」

当然。今さら照れることはないし、ラビの脱衣姿を目の前で見ていたら下半身もすでにバキバキだ。

「ここ、広いから何だか恥ずかしいんですけど——」

性奴隷小屋は小屋と言いつつ合宿所のような造りで、十人単位で入浴できる浴場も、その脱衣所もちょっとした銭湯のように広い。

「他に誰もいないんだし」

「そうなんですけど、ソワソワします」

「ラビも授業で俺とセックスするんだから、今から慣れておかないと」

「で、ですよね……。分かりました、えいっ……！」

何やらシチュエーションに不釣り合いなほどの気合いを入れて、ラビはキャミソールをガバッと脱いだ。

「……リュータさんがブラジャー取ってくれますか？　背中のホック……！」

ヤケクソみたいな勢いで俺に背を向け、お願いしてくる。

「ん。じゃあ——」

ラビの手前、平然な顔をしている俺だが、こうなるとドキドキする。『女の子のブラを外す』なんて、男にとってこれほど名誉な儀式はないし、近づくとラビの肌から甘い匂いがしてクラクラするし……！

緊張する指で苦労しながらホックを外すと、

——ぶるんっっ♡

背中越しでも震えるのが分かるほどの、解放された乳肉の存在感。

「ど、どうですか……っ！」

「どうですかって。最高としか言いようがないんだが？」

振り向いて謎のドヤ顔を見せるラビにそう返しながら、まじまじと胸を堪能させてもらう。

プルンと突き出た双丘。変な順序で脱衣しているため、下半身は制服のスカートと靴下のまま。

フェチ心をくすぐりまくる半裸姿だ。

「下も脱がせたほうがいい？」

「そ、そこは自分で脱ぎますっ……！」

いそいそとスカートに手を掛けるラビ。残念、脱がせたかった。

——性格のあどけなさに反して、体は十分すぎるほど大人。

たわわな胸だけじゃなく、くびれたウエストからの艶めかしい腰の曲線。存在感のあるヒップに、ウサギの尻尾。健康的にムチムチした太もも。

「お、お風呂行きましょうね……！」

照れのあまりか、そそくさと浴場へ向かうラビに俺も続く。

数人でも入れる湯船には魔道具——簡単な魔術を再現してくれる便利な道具——で沸かされた

湯がすでに張られてある。

俺たちはその手前の洗い場で椅子に座り、シャワーを使って汗を流し落とす。ラビは頭からシャワーを浴びて、髪の毛と、そしてウサギ耳を洗っている。

「…………。初めての混浴だし、俺が洗ってやるよ」

「ふぇ⁉　どういう理由ですか、それ⁉」

ベッドでの積極的なラビもいいが、照れ照れのラビもまた可愛い。

「その耳、洗ってみたいし」

「み、耳ですか？　そんな、普通ですよ？」

「俺にとっては普通じゃないんだよなぁ」

ラビの背後に立ち、手で泡を作って、その長い耳をコシュコシュと優しく洗う。

「ふぁっ――⁉」

「あ、悪い。痛かったか？」

「い、いいえ……耳を洗ってもらうなんて、子どもの頃以来で……！　変な感じです。ちょっと、気持ちいいかも……」

「それなら良かった」

泡塗れになったウサギの毛並みはニュルニュルと滑らかな指触りで、洗っているこっちが楽しくなってしまう。

「……ん。ふぁ、ふぁあ……んに、んにゅ……っ、ふに……っ」

ラビも何とも言えない感覚らしく、何とも言えない声を出す。

そのまま髪も洗ってやることにした。そもそも、異世界だからとか関係なく女性の髪を洗うのも初めてだ。

最初こそ手間取ったものの、俺は意外とそっちの才能があったらしく、ラビは気持ち良さそうに目を閉じて応じてくれていた。

「よし、じゃあ立って。上向いて。首元洗うから」

「はい、お願いします」

洗髪と洗耳でリラックスしたのか、素直に従うラビ。

立って向かい合うとまた彼女の全裸を直視することになる。目の保養にはなるが下半身には劇薬だ。

俺はやや前かがみになりながら、あわあわの両手でラビの首、そしてヒト型の耳の裏を洗い、そこから綺麗な鎖骨へと降り、肩も洗う。

「手、伸ばして」

「はい」

「こっちの手も」

「はい」

「じゃあバンザイ。腋を洗うから」

「はい。――――っえ!?」

時すでに遅し。流れでバンザイポーズになっていたラビは、両腋を俺に晒している。

普段は他人に見せない場所。肩からの泡が垂れたツルツルの腋に、すかさず俺は両手を這わす。

「きゃぅんッ!? く、くすぐった――」

――ヌルっ、にゅるにゅるッッ♡

「ひ、ひふっ――！ リュータさんっ、そこホントにっ！♡」

「ほら、腕下ろしたら洗えないだろ？ 上げたままで」

「うぐぅ……！ も、もうっ！」

断固とした俺の態度に折れるしかないと思ったのか、ラビは従う。

しめしめと内心思いながら、ニュルニュルの腋肉を堪能させてもらう。石けんで滑《ぬめ》ったそこは、陰唇を思わせる感触で心地いい。

しかも視覚的には、そこから乳房へと続く曲線や、乳房の先端でプルプル震えるピンクの乳首も、そして赤面するラビの表情も楽しめる。

「はぅ、ぅんっ……！ やあ、やぁあ♡……っ、あ!? お、おっぱいもですかっ!?」

もちろんだ。ここまで来て胸を洗わない理由などない。

まずは腋から横乳に沿って下へ、ずしりと重い乳房を持ち上げるように手の平を回す。

「すっげ……！」

思わず感嘆の声が漏れる。こんなにも実った乳房。弾力があるのに、手に吸いつくように柔らかい。それが重力に負けず、胸の上でツンと張っているのはもう奇跡だ。

豊かな曲線を撫でて泡塗れにしつつ、指先は先端へ。

乳輪の周囲を、焦らすようにくるくると。

「ふッ、ふぅッ♡　い、いじわるですよっ、リュータさんっ、そんな、そんなっ……！♡」

ビクっ、ビクっと断続的に背中を震わせるのが可愛くて仕方がない。

「分かったよ、意地悪は止めるから。……じゃあ乳首な」

――にゅるんッ♡　にゅとっ、クリクリっっ♡

「きゃふんッ、ち、ちくび立っちゃいますっ♡　リュータさんの指で、立つ♡　立っちゃうっ！」

――くりくりんっ、ニュル、しゅこしゅこっ♡

「やぁンっ♡　ちくび、いく、イきます♡　あっ、あ、乳首イキするっ、やぁあっ⁉♡♡」

洗髪でのリラックス、そして洗体での興奮と続いたせいか、ラビは簡単に絶頂してしまった。

もはや凶器と呼んでいい大きな乳房と、可愛い牝突起をビクビクさせながら。

「はひ、はふっ――♡　も、もうっ……！　お風呂なのに、せっくすじゃないのにっ……！」

俺の指から解放された泡だらけの胸をぎゅっと抱いて、ラビが恨めしそうな目で、ぷくっと膨れてこっちを見てくる。

「ごめんごめん。俺もはしゃいじゃって――」

「次は私の番ですからねっ、――『リュータさん、バンザイしなさい』――ですよ！」

「え？　うおっ……!?」

首輪が光る。自分の意思とは無関係に俺の両腕が高く上がる。

「リュータさんの恥ずかしいところ、ゴシゴシ洗ってあげますからね……♡」

そうだった。俺はこの学園の性奴隷である前に、ラビから召喚された首輪付きの精霊だ。そして彼女は俺の召喚主――ご主人様。

首輪の魔術で命令されたら逆らえない。腋、想像以上に恥ずかしいな!?

「ラ、ラビさん？　俺の腋なんて洗っても楽しくは――うひぃっ!?」

「楽しいですよ？　ね、くすぐったいですよね？　ふふっ、リュータさん、変な声出ちゃってますよ？　恥ずかしいですね、可愛いですねっ♡」

形勢逆転。

ふわふわの泡と、すべすべのラビの手によって俺の上半身は蹂躙されていく……！

「ごしごし、ごしごし♡……ほら、『動いちゃダメ』ですよ？　腋も、横腹も。性奴隷係の私が、ていねーいに洗ってあげるんですから♡……わ、筋肉すごい……腕も……」

洗いながら、ラビの頬もまた染まっていく。

「私、こんな逞しい体に抱いてもらってるんですね……おっぱいはどうですか？　男の人もおっぱい気持ちいいですか？♡」

ぺとぺとと胸板を触ってくる。最初は子どもがじゃれてくるような手つきで何ともなかったが、次第に照準は乳首に合わせられて、

――くりっ、くりくりっ♡

「――っぐ⁉　～～～～っ、――っ‼」

「乳首感じるんですか？　声、がまんしてますね？――『素直になってください』♡」

また命令。

ご主人様には逆らえない俺。

「――――っ！　き、気持ちいいっ！　ラビの指が、乳首をなぶってきて！　こんな可愛いラビに、Sっ気出して責めてられたら、どんなことでも従いたくなるっ――――！」

「じゃあ……おち×ぽとか、どうですか？♡」

「あ、洗って欲しい！　ラビの手で、シコシコ洗って欲しいっ！　ちょっと強めに扱かれながら、精子搾り出して欲しいッ！　射精したら、その後も優しくして欲しいっっ――――！」

魔術によって吐かされる俺の本音。

「はしたないどれーさんですね？♡　いいですよ、ご主人様が、どれーさんのおち×ぽ、いい子いい子してあげます……♡」

母性と嗜虐心の入り交じったような顔で微笑してラビは、そんな表情でじっと俺を見つめ上げたまま、手だけは下半身へと伸ばす。

泡塗れの両手が、陰茎を包む。

「わぁ、こんなに大きくして♡　洗い甲斐がありますね♡」

――にゅちっ♡　しゅこしゅこ……っ、ヌルンっっ♡

亀頭は手のひらを押しつけるようにして撫で回され、カリ首のところは指で輪っかを作って、汚れを綺麗に取り除くように念入りに。

ビキビキにそり立っている肉幹は、俺からのリクエストどおりやや強めの握力で上下にゴシゴシと扱かれて吐精を促される。

「ごーしごし、シコシコ♡　一日がんばったおち×ぽさん、きれいきれいにしましょーね？　がんばったご褒美に、ぴゅっぴゅしてもいいですからね？　しなさい♡『しゃせーしなさい』♡お風呂でご主人様に洗われて、どれーち×ぽで射精しなさいっ♡」

「うぁッッ⁉　ラビ、もう、もうっ……射精したい！　射精したい、射精したいッッ――――！」

「知ってます♡　元気な精子、もうここまで登って来てますもんね？　もう先っぽまで来ちゃったかな？♡　いいですよ、ご主人様のお手々に、あつあつせーし漏らしていいよ♡……シコシコ、シコシコ♡　おち×ぽ射精して、射精してっ♡　出して出して出して出して……出してっ♡」

――ビュグルっっっ！　びゅぐびゅぐ‼

「ふぐぅッ⁉　ら、ラビの手に搾り取られるのっ、気持ちいいっ！　ラビに見つめられながらの射精ッ！　癖になるッ！　ラビ、ラビっ……！」

「――はい♡　そんなに必死で呼ばなくても私はどこにも行きませんよ。安心して射精し続けてくださいね♡　精液、ぜーんぶ出しちゃっても、よしよし、ナデナデし続けてあげますから……好きなだけアクメしてくださいっ♡　しゃせー、続けてくださいっ♡」

「キス、キスもしたいっ――！　激しく舌も吸って欲しいっ！」

「そうなんですか？　甘えたがりの、いやらしい奴隷さんなんですね♡……いいですよ、お口開けてくださいっ……あーーんっ♡」

甘い文句に脳内が痺れる。あんぐりと口を開き、舌を差し出し、ご主人様からの愛撫をひたすら待つ。

「リュータさん、かーわいいっ♡……じゃあ、ベロチューしますね♡　しゃせーおち×ぽシコシコされながら、お口も気持ち良くなりましょうね♡……んぁ……っ、はぐっ♡　ちゅぽちゅぽ♡んぢゅッ！♡　じゅぞぞぞッッ♡」

舌ごと唾液を吸引されるディープキス。精液を一滴残らず扱きだそうとするご主人様の手コキ。

「んぢゅぢゅ♡　リュータふぁんっ、きもひいいれすね♡　んぢゅっ、一緒にお風呂、きもちよくて……可愛いれすっ♡　おち×ぽも、とっても素直♡　んぷっ♡　ぢゅぞぞっ……♡」

コクコクとうなずき俺は、涙が出るほど幸せな快感に溺れながらで心底思った。

――ご主人様相手に調子に乗っちゃダメだ、と。

「ふわーー……っ、気持ちいい……っっ」


洗い合いっこを終えて俺たちは、湯船に浸かり、声をそろえて天井を仰いだ。

広い湯船だがもちろん離れたりはせず、俺がラビを後ろから抱く格好で仲良く入浴。

性行為の気持ち良さもいいが、こうしてイチャイチャとリラックスするのも最高だ。

性奴隷って最高。

「いやーご主人様、最強過ぎたな……」

「当たり前です。ご主人様なんですから。……ふふっ。私もちょっと興奮しすぎちゃいました。今後は気をつけますね。……セックスの命令出しちゃったらマズいですし」

「だな。――早く『暴走発情期』が終わるといいんだけど」

「ですね。そうなったら……いっぱいセックスできますね♡――んっ。ちゅっ♡」

ラビが振り向いてキスしてくれる。

温かい風呂に、柔らかい唇に、柔らかい女体。――極楽だ。

「首輪の魔術も強力だよな。俺の――精霊の一部なんだよなコレ。外せないし」

「こっちの世界にいるあいだは取れませんね。通常、子作りの三日間が終われば精霊さんは自然にもとの世界に帰っていきます。そのとき、この首輪だけが残るんです」

ラビは俺の首元を見て、少し切なげな目をする。

「里のお姉さんたちの中には、精霊さんとの思い出として首輪を大事にしている人もいて」

子作りのための契約、三日だけの相手でも肌を重ね合わせればそれなりに情も沸くだろう。

「また呼び出す——ってことはできないのか?」

「前例はありません。……精霊召喚では、遠くの世界へと術者の声を響かせます。数ある世界の、誰に届くかも分からない声を——」

「同じ相手を呼ぶにはランダム要素が強すぎるってことか」

ラビたちにとっても不確定要素の多い精霊召喚。どこの世界からどんな相手が召喚されるのか、やってみるまで分からない精霊ガチャ。そのリスク管理としての首輪。

「リュータさんの場合、もう三日はとっくに過ぎましたよね。精霊召喚の中でも特殊な例ですし……私、リュータさんとはもっとずっと長く居たい……です」

俺は純粋な『精霊』ではない。半分は生身で、こうしてラビからも魔力供給を受ければ何の問題もなく存在していられる。

「消えないためにも、もっとラビとイチャイチャしないとな」

「……ですね。ふふっ」

「それに約束もしたし。卒業するとき妊娠させるって」

「……はい♡　それを考えると、今からドキドキしちゃいますね……♡」

「まずは俺が試験に通って。ラビもみんなの前で性行為できるようにならないとな」

「うう、そうですね、今日も恥ずかしくなっちゃいましたし……。が、頑張ります！」

気合いを入れ直すラビ。

「これからもご指導よろしくお願いしますね……先生♡」

俺たちは体がふやけるまで、抱き合って口づけを交わし合った。

■　■　■

「一週間って結構長いっすよね」

「そうじゃな。しかし、そちの準備期間としては妥当じゃと思うぞ」

「…………？　それより学園長ちゃん。これ、ホントに何の罰ゲームですか？」

休み時間の廊下で。

俺は学園長ちゃんの『馬』になっていた。

四つん這いで、狐娘を背中に乗せての行進だ。

もちろん生徒たちにも目撃されている。好奇の目で見られるのは恥ずかしいが、まあ美少女を背中に乗せている時点でご褒美なのでプラマイゼロくらいにはなっている。……小さなお尻をもっと積極的にグリグリ押しつけてくれても俺は一向に構わない。

「邪《よこしま》なことでも考えておるか？　そんなことでは試験のヒントをくれてやらんぞ？　んん？」

ペシペシ、と扇で頭を叩かれる。

「いてて――って、ヒントくれるんすか？」

実のところラビと相談しても（イチャイチャしても）、対スライム娘用の対策は何も進んでいない。

魔力交換するだけで俺の基礎ステータス、魔力の質と量も上がっているが、スライムを満足させるだけの射精量が出せるかというと……。

「スライム族って、聞けば聞くほど強靱な種族なんすね」

「うむ。まず、物理的にも魔力的にも丈夫な体を持っておる。殴ろうとも斬りかかろうとも、滅多なことではその肌には傷ひとつ付かん」

「魔術でも、ですか？」

「そうじゃ。燃やされても凍らされても、表皮だけを捨てて逃げおおせてしまう。そのため個体としての寿命は長い……これは長命種全般に見られる特徴じゃが、寿命が長いゆえに多くの子を成す必要がない」

アルラウネ族のプリメラも質のいい精子でしか孕めなかった。それは長命だから、選り好みをする時間がたっぷりあるという種族特性の一つ。

スライム族も、形は違えど似たようなところがあるというわけだ。すぐに子を成す必要がない。

種族人口も少ないらしく、この学園でもアズの他にスライム族はいない。

「『分裂』によって次世代を生み出せるが……それには大量の栄養が必要でな。そのため大食漢なのじゃが、一番効率が良いのが牡の精子。質もさることながら、その腹を満たすほどの量が必要なのじゃ。普通は子が欲しくなると何人もの男を襲う――ゆえに、この世界の男からは恐れられておるのじゃよ、スライム族は」

「そうなんすね――」

あんな愛らしい娘が怖い、か。つくづくもったいないな。

「――おっと、もう着いてしもうたか。リュータがチラチラと生徒のスカートの中を覗いておったりはしたが、無事に学園長室に到着したぞ」

「そ、それはただの本能っていうか、男のサガというか……！」

そんな生態もこっちの男たちにはないんだろうけど。

「では最後のヒントじゃ」

ぴょん、と俺の背中から飛び降りて学園長ちゃんは、

「試験までの『一週間』、それは生徒のための準備期間ではない」

「俺が鍛えるための期間なんですよね？」

「鍛える……それもあるが。助走期間でもある」

「助走？」

「肉体を鍛える、技術を磨く——それ以外にそちにできること……いいや、そちと『性奴隷係』にできることをよーく考えることじゃな」


「俺とラビにできること——。イチャつくことくらいか？」

学園長ちゃんのヒントは特に目新しい視点ではなかったが……つまり、今までやって来たことで十分対策が取れるということだろうか？

「とはいえ、なぁ……」

午後の校舎を思案しながら歩いていると、

「あー、お兄ちゃん先生だ、やっほー♪」

ポンっと後ろから肩を叩かれる。

アズだ。今日も透明感抜群のスライム娘。

「どしたの、うんうん言って。おトイレ？　男の人用、一つしかないから大変だよね！」

「気遣いどうも。違うけどな」

「じゃあどうしたの？　悩みがあるなら相談してよ。ボクとお兄ちゃん先生の仲でしょ？」

お前とのセックスのことを、それも、どうすれば大量に中出しできるかを考えていたんだ——とは言えない。言っても全然引かれないだろうし、むしろ喜ばれそうな気さえするが、まだそれを平然と口にできるほど俺は性奴隷の常識に浸りきれていないようだ。

特にアズのこの天真爛漫な笑顔を見ていると、そういうセンシティブな発言をするのが躊躇われてしまう。

いつも周りを明るくするムードメーカーで、ありとあらゆる毒気を抜いてしまうタイプの女の子だ。

「……アズはどういうときに悩む？　俺も一応は教師だから何でも聞くぞ」

「えー、どーだろー？」

そうだ、ヒントと言うなら目の前にいるアズのことを知るのも大切だ。

「んんー、悩みー、なやみー……あ。お腹空いた」

「さっき、昼休みだったよな？」

アズは食堂で昼食をとったあと、ウチの売店にも寄って大量にパンを買い占めて行ったのだった。大食漢とは過大評価じゃない。

「お兄ちゃん先生、おやつない？　売店行こ、売店！　お兄ちゃん先生が来てから、いつも売店開いてるから助かるんだよねー♪　お・や・つ！　お・や・つっ！」

「お、おい……！」

もはやアズは聞く耳持たず、俺の手を引いて売店へとまっしぐら。くそっ、手がプニプニして気持ちいいなぁ……！

二人して売店に到着すると、生徒が三人、カウンターの前に立っていた。

「あ、先生が戻ってきた！」

「リュータ先生、売店ってやってますか？」

「私たち髪飾りが欲しいんです」

口々に言う三年生たちを制して俺は、

「あー待て待て。こっちが先客だから」

「ボクはあとでいいよ～。お兄ちゃん先生、早くお仕事お仕事！」

「あ、ごめんなさい。私たちってば――」

「いーんですよ先輩、カウンターに並んでた順です！　はいお兄ちゃん先生、お客さんを待たせちゃダメですよ～、口よりも先に手を動かす！」

「へいへい」

俺がカウンターに入っていく間にも、彼女たちは和やかに談笑を始める。会話をするのは初めて同士らしいが、すぐに人の懐に入っていけるのはアズの凄いところだ。

「で、髪飾りだっけ？　最近入荷したやつ。どれがいい？」

売店の商品は学園外からの配給品だ。学園の卒業生がとても協力的らしく、こうした装飾品も勝手に入荷されてくる。

「わー、これ可愛い」

「ヘアピンもいいけどシュシュも可愛い……迷うなぁ」

「着けてみてもいいですか？」

「ああ、いいよ」

ウキウキと試着してみる三年生たち。

ふと見ると、アズは少し羨ましそうにその姿を眺めていたが、

「ねえ、アズちゃんもどう？　こんなの似合いそう」

「え」

仲良くなった上級生から勧められて、アズは一瞬戸惑う。

「い、いーよいーよボクは！　ほらボク、スライムだし！　そーいうのは似合わないの！」

そんなことないのに、と上級生たちに言われても、アズは「おやつを買いたいから」と断ってしまった。

「では、私はこれを頂いていきます。お代はこちらで。ありがとうございました、リュータ先生、それにアズちゃんも」

礼儀正しく辞していく三年生たちを、俺とアズは手を振って見送った。

「いいのか？　まだ余ってるぞ。ほら、このシュシュとか。髪短くても付けられるし」

「それより食べる物が欲しーの！　色気より食い気なんですよ、アズちゃんは♪」

ここまで固辞されたら仕方ない。俺は売店の奥を探して、昼休みには出していなかった砂糖菓子をアズに売る。

「やったー、いただきまーす！」

「いま食うのかよ」

包装紙を雑に剥がして、ぱくん、と一飲みにするアズ。

肌は半透明のブルー。目をこらすと、口内の舌の動きも何となく見えるくらいだ。さすがに嚥下した砂糖菓子の姿までは認められないものの、人が『食べている姿』をこんなふうに見るのは新鮮だ。

「ふえー、おいひー。お兄ちゃん先生のお菓子は最高だね！」

「俺が作ったわけじゃないけどな」

「あーあ、全然足りないや。……お腹減るのって不便だよね？　たくさん食べて、ずっと溜めておけたらいいのに」

「そうはいかないだろ。消化もするし、出るものは出るし――、あ」

「ん、なに？」

「……いいや。ちょっとな。一週間の有意義な使い方、思いついたかも――」

「一週間？……ああ」

アズも、一週間後のイベントに思い至ったようだ。

イタズラっ子のような笑みを顔一杯に浮かべて言った。

「性行為実習、楽しみだね♡　ボクのお腹……いっぱいにしてよね、お兄ちゃんせんせ♡」

■■■

「首輪の魔術で、ですか――」

その日の夜、性奴隷小屋で俺が『作戦』打ち明けると、ラビはやや苦い顔をした。

「……リュータさんの体が心配になっちゃいます……」

ラビが憂慮する理由も分かる。

俺が提案したのは首輪の魔術による強制的な『射精我慢』だ。

「俺が生命維持以外で魔力を消費するのは、射精による体外放出だよな？　ラビからは魔力を注いでもらって、そんでもって俺の射精を強制的に止めてしまえば――」

「リュータさんの体に魔力は溜まる……かもしれませんけど。大丈夫ですか？　男の人って、射精しないとツライんじゃないですか？」

「それはそう――」

ただ単に一週間オナ禁するだけなら気合いでどうにかなるかもしれない。けれど俺は、ラビとイチャつきながらこの一週間を過ごすつもりだ。

一晩の射精回数は日増しに増えている。なのにその射精を我慢してしまったら――

「でも試験はクリアしたいからな。正式な性奴隷になって、ラビともずっと居たいんだ」

「そ、そういう話を持ち出すのは反則です……わかりました。本当に耐えられなくなったら言ってくださいね？　いつでもどこでも、すぐに射精させてあげますからね？」

ご主人様の心強い一言を頂いて、俺は魔術を促す。

「いきます――。リュータさん『私がいいと言うまで射精を禁止します』……！」


それからの一週間――正確には六日間だが、それはもう地獄だった。天国みたいな地獄だった。

夜は、ラビに全身全霊で愛撫してもらう日々。

性奴隷小屋の食堂でも、ベッドでも、お風呂でも――ラビの唇、頬、長い耳。優しい両手に、豊かな乳房。腋も、お尻も、脚も、蜜のたっぷり乗った牝の割れ目も。

その女体のありとあらゆる部位を使ってもらって、極上の愛撫を全身で浴びに浴びた。

咥えてもらったり、擦ってもらったり、くっつけたり、舐めたり舐められたり。

お互いの体で、見てないところも触っていないところも、舐めていないところもないんじゃないかというくらいに。

「リュータさん、『出しちゃダメ』です――」

絶頂しても射精は許されない。ラビから注がれる快感と魔力をひたすらこの身に蓄積していった。

昼は昼とて、楽じゃなかった。なにせ、それだけ我慢している状態で可愛い生徒や綺麗な先生たちの姿を見せつけられ続けるのだ。

その瑞々しい声や体を身近に感じながらの日常は、目と下半身にとって本当に毒だった。学園にいるあいだじゅうは興奮のネタは事欠かず、俺は前傾姿勢で過ごすしかなかった……。

しかし、手応えはあった。

もう下腹部はしんどくてしんどくて仕方なかったが、魔力感知の未熟な俺にでもはっきりと分かるくらい、体内には膨大な量の魔力が堆積していった。

そうして俺は本番の日を迎えた——。

■　■　■

試験会場は俺が決めた。今回は性行為実習室は使わない。

武術場——前世の学校での武道場に近い施設だ。こちらの世界では魔術だけじゃなく武術の授業もある。剣や槍を使ったものもあれば、肉弾戦を意識したカリキュラムもある。

ここ武術場は、その中でも寝技や曲芸的な動きを練習するための施設で、校舎とは別棟になっている。

俺はその石造りの建物の前で大きく深呼吸をする。緊張をほぐすためというより、肉棒の暴発を防ぐため、落ち着くためのもの。

首輪の魔術は直前にラビに会って解除してもらってある。

つまり、俺はいつでも射精できる臨戦態勢なのだ。

「――よし、行くか」

いかめしい扉をくぐって、玄関ロビーで靴を脱ぐ。場内は床が柔らかい素材になっており、その床面を傷つけないための措置だ。

さらに内扉を進むと、そこでようやく生徒たちとご対面だ。

制服姿で柔らかい床に座り込む二年C組の生徒たち。そして、立ち会いは担任の先生。今回も学園長ちゃんは先生からの報告だけだ。

俺が会場の中央まで進むと、更衣室のドアが開いてアズが姿を現す。

「よろしくね、お兄ちゃん先生♪」

今回の実習着はランジェリーではない。

体操着だ。

タンクトップにホットパンツ。陸上競技にも向いていそうな軽装で、アズのつるんとしたスライム肌をたっぷり堪能できる。

俺とアズで話し合った『性行為実習』の内容……それはレスリング。

アズの「楽しい感じがいい！」というふわっとした要望から考え始めて、それから学園長ちゃんの話にあった物理攻撃だの何だのや、スライム族の男を襲うという特性から発想を広げて――

みんなの前で取っ組み合いをしながら相手を組み伏せてセックスをする、という方式に行き着いたのだ。

「楽しみだね！　でもさ……これ、ホントに着けないとダメ？」

彼女が気にしているのは髪飾りだ。俺が自費で購入した純白のシュシュをアズに与えて、ショートカットの髪を左右でおさげに結ばせている。

「ノーマルの実習着はアズが嫌だって言うからナシにしただろ？」

――エッチなのはボク向きじゃないでしょ？

なんて、やんわりと、だけど断固として拒否されたのだ。

「その代わりだよ。そのくらいは指定させてもらってもいいだろ？」

「に、似合わないでしょ？」

「似合ってるって。ほら、みんなも」

水を向けられてクラスメイトたちは、アズに向かって可愛い可愛いと囃し立てる。

「ふぐぅ……！　こ、こういう精神攻撃なんだね⁉　おのれお兄ちゃん先生め……！」

ブルーのスライムほっぺをほのかに赤らめて、アズがむくれる。

「ふふふ……俺は今動きに制限が掛かっているからな！　それくらいのハンデは必要だろ」

いくら体格で勝っているとはいえ、俺は勃起が治まらず前屈みになっているし、そもそもこの世界は肉体的な筋力より魔力が物を言う世界だ。

「それに、やっぱりそれ着けてるとアズの魅力倍増だし。アズも本当は欲しかったんだろ？」

「そ、そんなことないもん！――私が勝ったら、これ外すから！　もう着けないからね？　いい、お兄ちゃん！」

「じゃあ俺が勝ったら普段からその可愛い髪型でいるんだな……！」

しょうもない兄妹げんかのようなにらみ合いで火花を散らす俺たちのあいだに、担任の先生が割って入る。

「よろしいですか二人とも。性行為実習……リュータ先生の採用試験。始めますよ」

俺たちは、大人しく一歩下がって距離を取る。

「ルールの確認です。――打撃なし、魔術もなし。立ち技あるいは寝技で相手を組み伏せ、服を脱がせ、セックスをする。勝敗はギブアップ制――快感で動けない、相手には勝てない、と思ったらそう宣言してください」

ルールを聞きながら、そして対戦相手の顔を真っ直ぐ見据えながらうなずく俺たち。

「前戯もOKです。例えばアズさんが男性器を手淫し、それだけでリュータ先生が音を上げればそこで勝敗は決します。……リュータ先生には、性行為実習の趣旨からしてもなるべく膣内挿入で戦っていただきたいですね」

「もちろん」

「ボクの勝ちが確定しちゃってて、気の毒になっちゃうなー♪　ボク、気持ち良くなんてならないし。にひひ、おやつ感覚でおち×ぽ食べちゃおっと♡」

「舐めるなよ、一週間溜めまくった精液、アズの子宮に全部流し込んでやるからな……！」

今の俺は抑圧された性欲が試験へのプレッシャーや衆人環視の羞恥心を圧倒していて、目の前のプルンプルンなスライムボディに早く飛びつきたくてウズウズしている――

そんな危険人物なのだ！

「互いに全力を尽くすように――。それでは始め！」

先生は合図を出すや否や飛びすさる。と同時に、俺たちは突進して手と手をガシリと握って組み合った。

「ぐぬぬ……！　アズ、腕力強いな！」

「当たり前だよ！　スライム族に肉体勝負を挑むなんて大間違いなんだからね！　とうっ！」

「うおっ⁉」

ぐいぐい押してくるアズに俺はあっさりと力負けし、バランスを崩したところに足を絡められ、仰向けに倒されてしまう。

「にっひっひー♪　お兄ちゃん先生にスライムの怖さ教えてやるからね？　んしょ！♡」

アズは小柄なその体で押さえ込みに掛かってくる。ぎゅうっと抱きつかれているだけなのだが、俺はそれを覆せない。

観客の生徒たちからは、アズと俺、それぞれを応援する声が飛び交うが、その中で俺はあれよあれよという間に服を剥がされてしまう。

「もうすっぽんぽんだよ？　お兄ちゃん、おちん×んまで丸出し♡……ここにお股擦りつけたら、どうなるかなー？」

「や、やめ――」

――くしゅくしゅ♡　ぐにゅん、ぐにゅんっ！♡

ホットパンツ越しのアズの下腹部。女体の柔らかさとはまた違う、弾力のあるプルプルの肉体。アズの舌っ足らずの声で煽られながらの素股。我慢の限界だった勃起ペニスは情けなくもすぐ暴発してしまう。

――びゅるりりっっ！　びゅッ！　びゅッッ！

「わっ⁉♡　熱っっ！　せーえきってこんなに熱いんだ⁉♡……せっかくボクの子宮に出すために溜めてたのに、無駄にしちゃったねお兄ちゃん先生っ♪」

「あぐ、あっ――？」

恥ずかしさと情けなさで全身がかあっと熱くなる。状況が状況ではあるが、年下の女の子に下半身を擦られただけで簡単に果ててしまった。それも、たくさんの生徒が見守るその前で。

数日ぶりに開放された射精の快感は涙が出るほどの刺激だった。

――どくッ、どくッ、どくっっ！

アズは、快感痙攣で動けない俺から離れ、上半身を起こして射精を観察する。

「おちん×ん、こんなに震わせてるっ……！　白いの、いっぱい出てるよ？　こんなドロドロのを、ボクのおま×こに出そうとしてたんだねっ♪　無駄にしたら可哀想だから、おま×こでゴクゴクしてあげるね？」

アズはホットパンツを自分で脱ぎ去る。ノーパンだ。大陰唇までは肌と同じ色だが、小陰唇の肉びらはごく淡いピンク。ぬらぬらと濡れてひくついている。

「ほーら、よく見てね♡　スライムのねちょねちょま×こだよ？　おちん×ん入れたら、すーぐ射精するんだって♪　ボクのスライムま×こに食べられたくなった？　なったよねっ？♡」

まだ絶頂痙攣している俺の肉棒がアズの指にエスコートされ、亀頭が粘膜に触れる。

──ヌチャぁっっっ♡　ヌヂュ♡

「────っ⁉　な、なんだ、これっ⁉　ネトネトが、絡みついてくるっ⁉」

「あは♪　一気に食べちゃうね？　ていっ！♡」

──グヂュヂュっっ♡　ぢゅぐ！♡

「ふぁあ♥　処女、なくなっちゃった♥　お兄ちゃんち×ぽで、アズの処女なくなっちゃったよ？♥　わ、わっ……⁉　おち×ぽに残ってた精液、とろとろって漏れてるよ♥　魔力が詰まってて……美味しいっ♪　おま×こに、魔力いっぱい来てる！」

スライムの肉壺に男根が包まれる快感。膣内の肉ひだは他の種族じゃあり得ないほどうねうねと蠢いて、ペニスに纏わりついてくる。

その途方もない性感体験に、俺は両手をさまよわせるようにして突き上げる。

「いーよ、アズのおっぱい♥　スライムおっぱい揉んで、もっときもちよーくなろうねっ♥」

——ぐにゅんっ♥

騎乗位のまま体を前に傾けてアズは、タンクトップの乳房を俺の手のひらにあてがってくる。

小柄な体格とは不釣り合いな、よく育った双丘。ぎゅむっと揉みしだくと、ローション状の粘液がタンクトップに沁みて溢れてくる。

「ボクも汗いっぱい掻いちゃったからね、スライム粘液だよ。ニュルニュルってするの、気持ちいいかな？♥」

力を込めると、指の間から粘液がじゅぐぅっと溢れ出て、俺の胸にまで垂れてくる。

「えへへ、良かったー♪　でも、おち×ぽのことも忘れちゃダメだよっ？　ほーら、ぐりぐり、グチョグチョっ♥」

「お、ぁ、アっ⁉　や、やめ、腰を動かすなっ——で、でる、また射精るッッ⁉」

——どくどくどく！　ずびゅぅううッッ！

生徒たちから歓声が上がる。彼女たちが初めて見るセックス、そして膣内射精。

アズの半透明の体のおかげで、内部でビクビクと痙攣する勃起ペニスもそこから吐き出される白濁液も、おぼろげながらも観察できてしまうのだ。

「みんなに見られちゃってるね。お兄ちゃんち×ぽがスライムま×こに負けてビューービューーしてるとこ。にひひ、やっぱりボクが勝っちゃったねー♪　でも、お兄ちゃんも気持ちいいから、いいよねっ？」

「ギブアップしますか？　リュータ先生」

「く、くそっ――、まだまだっ……！」

たずねてくる先生に継続の意思を伝えて、俺は力を――魔力を振り絞る。魔力を筋力に変換する技術は、この対決方法を決めてからはラビに教えてもらっていた。付け焼き刃だが、今の俺の魔力量ならそれなりに効果を発揮する。

「およ？　うわわ……っ、お兄ちゃんに押し倒されちゃう！　きゃー♪」

白々しい悲鳴を上げながら俺に逆転を許す。それこそプロレスの様相を呈してきたが、これは性行為実習。肉棒を挿入したままの取っ組み合いなのだ。

アズはそっちのほうも余裕があるらしく、性的快感を得ている様子はなさそうだ。こっちはヌチョヌチョのスライムま×こで頭がおかしくなりそうなほどなのに。

「まだまだ、射精するからなっ――！」

「うんっ、乱暴にしてもいいからね？　ボクのま×こでいっぱい射精してねっ」

奥歯を食いしばってピストンを開始する。

挿入しているだけでも気持ちのいいスライムま×こ。俺はアズの左足を抱え上げて松葉崩しの体位をとって、腰を打ち付ける。

膣内が自分の肉棒の形にぴったりになる——大げさでも何でもなく、アズの場合は本当にその通りになるのだ。

——バチュ♥　どちゅっ、ズチュンッ♥　ぶぢゅぅう♥

雑に腰を振っても、突いた通りに密着してくれる肉襞。つぶつぶで、ヌルヌルで、形を変えて吸いついてくる。オナホなんてレベルじゃない。人肌の温度で、ぬめって蠢くアズの俺専用ま×こは、何度射精しても飽きる気配がない。

「あはっ、お兄ちゃん先生の硬くてながーい♪　アズのしきゅーにまで、ズボッて入ってきたよ？　おち×ぽミルク、しきゅーに直接飲ませてくれるの？」

「——ッ、く！　ああ、全部飲めよっ！」

膣内、いや子宮内射精。精液をどばどばと流し込む。それでも牡の本能は満たされず、獣欲は増すばかりで腰は止まらない。

「ん～～っ、おいしいよ、お兄ちゃんの精液！　そろそろ出し尽くしちゃったかな？……あれ、まだ出るの？」

——だぱだぱっ！　びゅぶっっっ！

「んっ、子宮、精液で内側から押されちゃう♥　すごいね、コレが特訓の成果なんだー。でも、今度こそ出し終えちゃったかな？　お兄ちゃん先生お疲れさまー、美味しかったよ♪」

アズの言うとおり、一週間溜めに溜めた魔力《精液》はこれで打ち止め。終了だ。

見ると、アズの下腹はぽこんと突き出ている。子宮に溜まった精液で膨らんでいるのだ。その様子が――胎の中でたぷたぷ揺れる精液の様子が、無邪気なアズの笑顔と相まって何とも背徳的だった。

「お兄ちゃん先生が試験に落ちちゃうのは残念だけど、ボクからも学園長先生に頼むからね、合格させてくださいって！　だから安心して――」

「……おい。まだ俺はギブアップしてないぞ？」

「だって、もう射精できないでしょ？　おちん×んはまだ大きいけど――」

「出るよ。確かに蓄積した魔力は使い果たしたけど、まだまだ興奮してる。ま×こ気持ちいいだけじゃなくてアズの可愛い姿で興奮する――だから、ここからは今から作る精液で勝負だ！」

「――またそんなこと、ボクが可愛いわけないじゃん！」

アズはムキになって反論する。

「ボクはスライム族だよ⁉　さっきお兄ちゃんにしたみたいに、男の人を襲って、精液を搾り取っちゃう怖い種族なんだからね⁉　お、男の人から見て、可愛いわけなんてないんだから――、って、――うぷっ⁉　お、お兄ちゃん！　話してるときに腰動かさないで！♥」

こっちの世界の男たちにはスライム族は恐れるべき相手なんだろう。でも俺は違う。こんな可愛い子にち×ぽを襲ってもらえるなんて、むしろお礼を言いたいくらいだ！

「それに、アズ自身が可愛いんだよ！　顔とか声だけじゃなくて、人なつっこいところとか、俺のことお兄ちゃんって呼んでくれるところとか、誰とでも仲良くなって笑顔にできるところとか！　可愛くて可愛くて仕方ないんだよ！」

「う、うそだっ！　うそだよねお兄ちゃん？　試験に通りたいからって――」

「嘘でこんなになると思うか⁉」

俺は正常位になり腰をぐいっと突き上げて、屹立した肉棒をアズに見せつける。無論、挿入したまま。アズのお腹をぐにぃっと内側から突いて、ペニスの猛り具合を彼女からも見えるようにしてやる。

「う、あっ……⁉　ボクのお腹っ、おちん×んに押し上げられてるっ⁉　なんでまだそんなにおっきいのっ？――そ、そっか、スライムま×こは気持ちいいからね、せーりげんしょーってやつだよね！」

「俺自身がもっともっとアズとセックスしたいからだよ。アズと一緒に気持ち良くなりたいから、なッ――！」

――ドスドスドスっ！　ばちゅん！　どぷどぷッ！

俺はアズに覆い被さり、腰を叩きつけ、白濁液を何度も注ぐ。

「え、あ、あ、――あんッッ！♥　あ、あれっ？」

喉から漏れた甲高い嬌声に、アズは戸惑う。

「なん、でっ――⁉　ボク、せっくすの声出ちゃってるっ⁉♥　そんな、おなか、いっぱいに

――ぉぐッ!?♥　ふぐっ♥　あンっ！♥」

叩きつけピストンを続けながら俺は、乱れたタンクトップを上にずらし、ぷるっぷるのスライムおっぱいにむしゃぶり付く。

スライム粘液でドロドロになっている柔らかな乳房。その先端のコリッとした舌触り。

「ズルズルズルっ！　チュバッ、ヂュぞぞッッ！」

「あふっ!?♥　なにこれっ？　おっぱいの先っぽウズウズってて！♥　お兄ちゃん、これなんで!?♥　ボク、ボク、どうしちゃったのっ――!?」

生まれて初めての性的快感に取り乱すアズ。

口の中はアズのおっぱい液でヌルネバだ。母乳ではないのだろうが、甘い果実ジュースのような豊潤な香りが鼻腔に突き抜ける。

「乳首、気持ちいいんだな」

「き、気持ちいい？　これが？　これが、せっくすの気持ち良さなのっ!?♥　んぅうッ、ご、ごはん食べるのと違う、違うのッ！　はひ、はひッ♥　お兄ちゃん先生におっぱい吸われて、おま×こドチュドチュされるの――……き、気持ちいいのっっ♥」

「俺も気持ちいいよ――うっ、また射精するッ――！」

「～～～～ッ♥　お兄ちゃんのおち×ぽミルクっ……！　美味しいだけじゃないよっ、気持ちいいよっ！♥　アズのおま×こ、おなかもっ、お兄ちゃんでいっぱいだよっ!?♥」

俺は体を起こして、正常位のアズを見下ろす。粘液で体中がドロドロに、そして表情もドロドロになったスライム娘の姿。何よりも彼女のお腹は――臨月の妊婦のようにぼってりと膨らんでいた。

「う、そっ……！♥　これ、ぜんぶお兄ちゃんのせーえきっ？　ボクに、こんなにっ……！　ほ、ホントにボクに興奮したのっ？　男の人を襲うスライム族にっ、ボクなんかにっ」

「何度も言わせるなって。俺はアズなら何度でも射精できる――ッぐ、いくぞ、出すっ！」

「ふぐぅうウッッ!?♥　う、ホントだっ、お兄ちゃんが、いっぱいくる！　ボクのこと孕ませようとしてる!?　せーし、せーしっ♥　ボク……男の人を襲わなくても、ママになれるのっ？♥」

「そうだな。アズがその気なら、いつでも俺が孕ませてやるよ」

アズの全身が、波打つようにビクビクっと震える。

それは彼女が牝になった合図だった。

「ボク、ボクっ……！♥　ママになりたいっっ！　分裂じゃなくて、お兄ちゃんで、お兄ちゃんのおち×ぽで孕みたいっ！♥　可愛いママになるからっ、そのためにお勉強、いっぱいするから――だから教えて、お兄ちゃん先生っ！♥　ボクに、せっくすいっぱいいっぱい教えてっ！♥　お兄ちゃんのち×ぽでッ、ボクをママにしてっっ！♥」

さっきまでの『食事』とは違う。アズの膣がグジュゥっと蕩けて、俺の肉棒に求愛してくる。

「アズ、イきたそうな顔してるな？」

「い、くっ？　ボク、イったことないっ。イかせてお兄ちゃんっ♥　硬いおち×ぽとドロドロ精液でっ、ボクのこと、イかせてっ！♥」

「ああ。とびきり濃いの、出すからなッ——！」

じゅくじゅくと吸いついてくるスライムま×こを何度も突いて、アズのボテ腹めがけて子種を流し込む。

——ビュグルルルッ！　びゅぷぅ！　どびゅぅうっ！

「お兄ちゃんち×ぽ、ち×ぽっ♥　射精ち×ぽでいくっ♥　ボク、いくのっ！　おッ、おッ♥ママになるっ、ママイキするッッ♥　んおおっ、ふぅううっ♥」

初めての絶頂痙攣でアズの疑似妊娠子宮がたぷたぷと淫らに揺れる。

胎の中は俺の精液で満杯だ。

もちろんアズの子宮には魔力の結界があって本当に妊娠することはないが、言い知れない達成感が俺の腰から脳天までを突き抜ける。

強烈な幸福感と征服感。さっきまでのただ出すだけの射精も快感ではあったが、それとは比べものにならないほどの充足感のある射精だった。

「お兄ちゃんにッ、ママにされるっ♥　パパち×ぽ、ぎもぢぃいっ♥　ママになるの、きもちいッッ！　んお、おおお……ッ♥」

性の快感を全く知らなかったアズも、牝の悦びにはしたないあえぎ声を上げていた。俺たちは互いに腰を押しつけて、最高に気持ち良いセックスを最後まで満喫する。

「――ギブアップ制ですが、どうしますか？」

審判である先生が冷静にたずねてくる。

「……ボクっ、ボクの負けでいいっ♥　だ、だって、もうおち×ぽに勝てないもんっ――！　お兄ちゃん先生のおち×ぽには、絶対勝てないっ……♥　ママになっちゃったから、なれるって分かっちゃったから……っ♥　男の人を襲わなくても、襲ってもらえるって……気持ち良くして、孕ませてくれるって分かったから――♥」

嬉しそうに敗北宣言をするアズ。

俺はお腹に気をつけながら彼女を抱きしめてキスをする。

「んぢゅ♥　きしゅも気持ちいいっ♥　お兄ちゃん、ボク幸せだよぉっ……んぢゅぅ♥」

スライムの柔らかい舌と唇を堪能させてもらって、名残惜しいがペニスを引き抜く。

「――っと、アズ、そんなにマ×コで吸いつくなって」

「だってぇ……♥　まだ離れたくないんだもんっ……♥」

「アズさん。授業も終わりますから」

「うぅ、分かったよぉ……お兄ちゃん、またしてくれる？　ボクとセックス……」

「正式に性奴隷になれたら、いつでもしてやるよ」

「――うんっ♥」

聞き分けのいい返事だが、スライムま×こが吸いついてくるせいで肉棒を引き抜こうとするだけで射精してしまいそうだった。

――ヌポンッ♡　どぽ♡　ぶぴゅっ、ぷぴゅぅっ……♡

アズの女性器に収まりきらなかった白濁が彼女の膣口から漏れ出てくる。泡立った精液と青いスライムとの対比が何とも淫らだ――。

ふと周囲を見渡す。

アズとのセックスに夢中で気にしていなかったが、俺たちの取っ組み合いにはしゃいでいたクラスメイトたちもいつの間にか『性行為を見守る目』になって、ぐったりと倒れるアズと、いまだ猛っている俺のペニスに視線を注いでいた。

先生はアズのボテ腹を見て満足そうにうなずく。

「すさまじい量の精液ですね。これなら生徒全員の膣に射精することも可能でしょう。みなさん、こんな逞しいち×ぽにセックスしてもらえるなんて幸せなことですよ」

発情気味の生徒たちへ、たたみ掛けるように言い聞かせる。

「アズさん。先生にお礼の意味も兼ねて、お掃除フェラをしてあげてください」

「うんっ……♪　ん、あーん……っ♡」

「さあリュータ先生、アズさんの口に」

先生の手に導かれて、ドロッドロになった肉棒をアズの口腔内へ収める。さすがはスライム族、口どころか喉奥まで使って、苦しそうな顔ひとつ見せずしゃぶってくれる。

「ぢゅぶ、ぢゅゴッ♡　んぶぶ、んぶっ♡ぢゅぅううッ――ンぽんッ♡……はふ、はあっ♡お兄ちゃん先生……♡」

アズは口元にこびりついた精液を舌で拭い、屈託のない顔で笑って、

「お兄ちゃんにもらったこのシュシュも大事にするね……ありがとう♡」

第4章　わからせセックス女学園

第二の試験もクリアして、俺の見習い性奴隷生活はますます順調だった。

他の生徒とのセックスはまだおあずけだが、プリメラとアズの授業は多くの生徒に影響を及ぼしているようだ。

――頭花を可憐に咲かせ、ますますカリスマ性を増したプリメラ。

――シュシュでくくったおさげはやや幼く見せるものの、ちょっとした仕草や表情に色香が漂いだしたアズ。

ちなみに、アズのボテ腹は翌日には体内で消化されてしまい、本人はとても残念そうにしていた。試験結果として証拠が残らないことも心配だったが――学園長ちゃんによれば、そこは別の証明手段があるらしい。

ともかく、性行為実習を経てより魅力の増した二人の存在自体が、性行為実習への、ひいては性奴隷への期待を高めたことに間違いはなかった。

おかげで俺は前にも増して人気者。校舎を歩くのもひと苦労なほどだ。

そんなありがたくも騒がしい昼間の生活の疲れを、夜にはラビが癒やしてくれる。

「私も、そろそろ暴走発情期が終わりそうです」

ある晩、ラビは俺の腕の中でそう言った。

「……でも出来れば、初めての膣内射精は授業のときがいいです。みんなの前で、恥ずかしがらずにセックス出来るようになって、リュータさんに中出ししてもらいたい……♡」

本当ならすぐにでも押し倒してしまいたくなるところだったが、ここまで良くしてくれるラビの願望を叶えてやることを優先すべきだろう。

「最後の試験、がんばってくださいね♡」

その分、正式な性奴隷になった暁にはラビに全力で膣内射精してやろうと誓った。


そんな、最後の試験を心待ちにしていたある日。

「あれ？　学園長ちゃん、どこか行くんですか？」

リュックを背負った学園長ちゃんが、先生を一人引き連れて売店までやって来た。

「うむ。女王のところへ定期報告にな。三日ほど学園を空ける。そちの試験は妾が帰ってからになる——それを伝えようと思ってな」

「今すぐでもいいっすよ、俺は。出張前にささっとヤっちゃいませんか？」

早くラビや他の子とも授業でセックスがしたいし、何より試験そのものが楽しくて気持ちいい。

三日も先延ばしになるのは待ちきれない。

「意欲的なのは評価するが、まあそう焦るな。——そちの最後の試験には女王の査察官も立ち会うことになる」

「査察官？　女王の部下がやって来て、直接俺のセックスを評価するんすか？」

「そうじゃ。今回の定期報告はその打ち合わせも兼ねておる。……女王側は報告にも何かと難癖をつけてくるじゃろうが、現地で見てしまえば文句も付けられまい。貴族の中における学園の支援者たちからの圧力もあるしな、奴らも無理ばかりは通せんよ」

「……分かりました。大人しく留守番しときますよ」

「頼んだぞ。最後の試験相手にも目星は付けておる。戻ったらすぐにセックスさせてやるから、くれぐれも他の生徒たちには手を出すなよ」

ひらひらと手を振って学園長ちゃんは出張に旅立っていった。


と、学園長ちゃんと約束したものの。

「我慢するのも大変なんだよなぁ……」

アズとの試験前にも感じたが、この学園で生徒に手を出せないのは生殺しだ。

先生たちもいずれは俺に性行為の手ほどきをしてくれる予定だが、それも正式採用されてからの話……。

夜にはラビが体の隅まで『お世話』してくれるから射精我慢をしていた期間よりは楽だが、余裕があったらあったで発散したくなってしまうのも心情だ。

「在庫の整理でもしておくか」

学園長ちゃんを見送った翌日。

五限目の直前、鐘が鳴って生徒たちは教室に入っている時間帯だ。次の休み時間まで手持ち無沙汰なので、売店で商品の整理でもして暇を潰そうとしていたところ、カウンター越しに俺の背中に声が掛かった。

「……あ、あのっ」

振り向くと背の低い生徒が立っていた。

赤色のリボンタイ——赤は二年だっけ、三年だっけ？　まあいいか。

「開店はまだだよ。授業も始まるし」

「…………ご、ごめんなさい」

オドオドした娘だ。赤紫色のボブカットで、ワンサイドアップの髪型。困り眉に、まつげの長い双眸。ケモ耳やケモ尻尾はないからヒト族だろうか。

まだ生徒全員の顔と名前は一致しない。初めて会う相手なのか、それとも今まで他の生徒に隠れて印象になかったのか。

消え入りそうな声で、

「先生に……お話が……」

「俺に？　何か伝言でも？」

その生徒は、意を決したように顔をあげて、

「私が次の試験相手に決まりました……先生と、セックスする役目に……！」

「あれ？　試験って学園長ちゃんが帰って来てからって」

「そうなんです。でも先に相手だけ選んでおくって。だから、先生に挨拶しておこうと思って……よろしくお願いします、初めてなので緊張するんですけど……先生となら、セックスしたいなって思って……」

ほう、今度はこういうタイプか。大人しく見えるけど性行為への願望はしっかりある、と。

「先生のこと、ずっと『いいな』って思ってて……選ばれて嬉しいです」

相変わらずの困り眉だが、はにかむその顔はすでに発情しているみたいで、生徒として有望だ。

「こちらこそよろしくな。優しくするから」

「――っ、はい！　あの、それで……よければ、握手してくれませんかっ⁉」

それこそ顔から火が出そうなくらいのテンパりようで、俺に両手を差し出してくる彼女。

「そういえば、まだ名前聞いてなかったな。種族も」

俺は握手に応じながらたずねる。『手は出すな』とは釘を刺されているが、さすがに握手くらいはいいだろう。

「ネネーナです」

ぎゅっと俺の右手を握って彼女が名乗る。

「ネネーナ・サーキュロンド……サキュバス族でーす♡」

彼女――ネネーナの表情がガラリと変わった。

ニヤリと口元を歪めると、隠れていた八重歯が。そして彼女の背中からは、こちらは意図的に隠していたらしい、黒くて小さな羽と、黒くて長い尻尾が現れる。

「それでぇ♡　あたしは先生に……おじさんに呪いを掛けるために来てあげたの♡」

途端、繋いでいた右手に電流が走る。

「ンガッ――!?」

電流は腕を伝って俺の首元へ――精霊召喚のあかしである首輪にまで伝播してきた。

「アハハっ！　おじさん、チョロすぎー♡」

「な、何を……イタズラかよっ？」

「いたずら？　だから違うって、呪いだってば」

豹変したその子はケラケラと笑って言った。

「――おじさんは、誰にも触れない呪いに掛かったんだから♪」

■

■

■

「学園警備の不備です……誠に申し訳ありません！」

「いや、俺が油断したせいです。こっちこそすみません――」

「ホントだよ年下女子に握手リクエストされてすーぐ触っちゃったしー♡」

「そうなんです――いや、お前は黙ってて？」

見慣れない生徒の正体は、正真正銘の不審者だった。

外部からの侵入者。通りがかった先生に見咎められて彼女は捕縛された。侵入を許してしまったことを担当の先生に謝られたが、俺も不審な点を気にするべきだった。

この学園はリボンタイの色を、三年生は緑、二年生は青と分けていて、赤は入学するはずだった一年生の色だ。

「せめて変装のミスに俺が気づいていれば」

俺は侵入者のサキュバス娘――ネネーナを見下ろす。

彼女は先生たちの手によって狭い魔術結界の中に閉じ込められているが緊張感はまったくない。

地べたで行儀悪くあぐらをかき、だるそうな声を上げる。

「えー？　ミスじゃないんですけどー？」

「じゃあなんで赤なんだよ」

「だってカワイイしー。緑とか青とかより全然いーでしょ？」

こいつ……！　こんな相手にだまし討ちを食らってしまったのか俺は、と絶望しているところへ、授業中に呼び出されたラビがやって来た。

「リュータさん！　大変なことになったたって聞いて――」

「あ、ラビ近づくと――んぎゃっ⁉」

ラビの指が触れかけた俺の肩がバチッと弾かれる。

「えっ⁉　ご、ごめんなさい！　リュータさん、大丈夫ですか？」

これが俺に掛けられた呪いの効果だ。誰にも触れないし、触ってもらうこともできない。

「どうやら首輪に干渉して、リュータ先生に作用しているようなんです」

先生がラビに説明する。

「女性と接触しそうになると、先生の側から離れてしまう――解呪も上手くいきません。これは、相当な上級者が仕掛けた魔術です。侵入者のサキュバス娘さん……彼女の指輪に、その術式が籠められていたようです。あの小指の――」

ネネーナ小指に嵌められてある指輪。その黄金の輪には、妖しい煌めきをした小粒の宝石が埋め込まれている。

「解析のため外してみようと試みたのですが、これが頑固で。それこそ別の呪いでも掛けられているかのような魔術的な固定です。術式の中身を探られないためでしょうね……」

専門的なことは俺には分からなかったが――

呪いの魔術はこのネネーナによるものではなく、別の誰かによるものだということ。そのためのアイテムがあの指輪で、しかし指輪から呪いを解く方法を探ることは現状では無理で――

「それで私が呼ばれたんですね、やってみます」

事態を把握したラビが真剣な顔でうなずき、俺に向き直る。

「リュータさん――『私に触れてください』！」

俺の行動を強制させられるご主人様の言葉。しかし何も変化は起こらない。

「も、もう一度……っ！『触ってください』！」

首輪は無反応。もちろん、自分の意思でラビに手を伸ばしても、やはり寸前のところで弾かれる――実際には呪いの力で俺のほうが手を引いているわけだが、感覚的には『弾かれている』ような現象が起きている。

触れもしないこの状況、性行為実習どころじゃない。

「そんな……この子って、女王様の命令でリュータさんに呪いを？」

「それが口を割らないんだよ、こいつ」

高度な魔術で俺をピンポイントで狙って来るような相手は、女王たち以外に考えられない。

そもそも学園には結界が張られていて、外からは女王の許可がないと進入できないのだ。

「女王なんて知らないしー。でもおじさん、ざんねんだね？　もう一生触れないから。例えばあたしがこーんなカッコしてもぉ……♡」

すっくと立ち上がったネネーナは自分でスカートをたくし上げて股間を見せつけてくる。

制服の下にはボンテージでも着込んでいるらしい。幼い顔と身体にはまったく似つかわしくないインナーだが――サキュバス族ということを考えれば妥当なのか。

しかし。

その黒いエナメル生地が柔らかそうな下腹部にギュッと食い込んで、ネネーナの可愛らしいマン肉がはみ出していて――

「うっわ♡　めっちゃガン見してくるー♡　でも、あたしの処女プニまん、おじさんは触れませーん。死ぬまでおあずけでーす。……どお？　どんな気持ちぃ？♡　あははっ」

こいつ……！　そりゃ見るだろ、男なら見ちまうだろ⁉

憎たらしく笑う小娘を分からせてやりたくなるが、今の俺にはどうにもできない。つーかサキュバスなのに処女なのかよ。

「女王は、俺にこんな呪いかけてどうする気だよ？」

「だからぁ、あたしそんな人知らないってばー」

状況証拠は十分なのだが、先生たちが不穏な拷問器具（たぶんエッチな道具）をチラつかせて脅してみても、ネネーナは何もしゃべらなかった。意外と女王への忠誠心が高いらしい。

結局、ラビでも呪いはどうにもできず俺たちは行き詰まってしまったのだった。

■■■

「ふぅ、やれやれ……」

学園を離れ王城を訪れていたテレジアは、大きくため息をついた。

今しがた、女王の間での謁見を終えたところだ。

控えの部屋に戻ると、お付きの教師がねぎらってくれた。

「テレジア学園長、お疲れ様でした」

「まったくじゃよ。あの性悪の相手をするのはいつも骨が折れる――」

「妾からの報告などもともと聞く気もなし、学園運営にあれこれと文句も付けてきたが、やはり結局は査察官の評価で今後を決めることになったよ。……茶番じゃな、この定期報告自体が」

わかりきっていたこととはいえまさしく無駄足で、疲労も余計に増すというものだ。

「しかし、奴がやけに自信満々じゃったのが気に掛かる」

テレジアにも予想外だった精霊召喚の成功。特異な存在であるリュータの召喚。

その点についてもっと焦っているかと踏んでいたのだが、女王は余裕たっぷりだった。

「――嫌な予感がするのぅ」

「ですが、いくら女王様とはいえこれ以上の直接的な妨害は……」

「妾たちに賛同する領主たちが黙ってはおらんじゃろうな、そんな手を使っては――」

最高権力者ではあるが、有力貴族たちから正式に糾弾されては女王の地位とて危うくなる。だから暴挙になど出るはずもないと考えるのが普通だが……。

それでもテレジアは不安を拭いきれなかった。ここは帰還を急いだほうがいいだろう。

部屋の入口に佇み、こちらを監視していた女王の側近へと声をかける。

「おい、そこの。妾たちはもう出発する。来校予定の査察官殿にも、先に戻ると伝えてくれ」

「査察官ですか？」

そのエルフ族の女性は、白々しい顔で言い放つ。

「査察官のシビラならば、昨日《さくじつ》すでに発ちました」

「――なんじゃと？」

「明日には学園に到着するでしょう」

「待て、約束の期日と違うぞ……！」

「左様でしょうか？　貴女がたが期日を取り違えて記憶していたのでは？」

「――――っ！」

このエルフを問い詰めたところで時間の無駄だと判断したテレジアは、夜のとばりが下りかけている王都を飛び出すと、魔術で強化した早馬に股がり、学園へと急いだ。

■　■　■

その頃、学園へと続く街道を一両の箱馬車が進んでいた。

華美な装飾の車内には、女王の命を受けて学園を目指す女性が三名――

「シビラ様、力加減はいかがでしょうか？」

ベルベット張りの座面に座り、艶めかしい脚を組んだサキュバスのシビラ。サキュバスは特に長命な種族ではないのだが、彼女は、男たちから搾り取った魔力で歳不相応の若々しい肉体を保持している。

その彼女が伸ばした足先のところで、部下の一人が跪いて足裏を指でマッサージしていた。

「弱すぎて話にならないわ――貴女、何年私に仕えているの？」

「す、すみませんっ！」

「痛いっ！　加減というものがあるでしょう⁉　少しは考えなさい！」

「申し訳ございませんっ……！」

部下は顔を青ざめさせて応じる――もっとも、スライム族である彼女の顔はもともと青くはあるのだが。

「ねぇ、もっと早く走らせなさい、御者は何をしているの？」

せっかくの美貌を台無しにするいらだち顔でシビラは、もう一人の部下に吐き捨てる。

「ですが、シビラ様が『揺れが不快だ』とおっしゃられたので速度を落として――」

「はぁ？　揺らさずに急ぐよう伝えなさいよ、当然でしょ⁉」

「か、かしこまりましたっ！」

灰色熊《グリズリー》の獣人である彼女は、勢いよく立ち上がった拍子に馬車の天井に頭を強く打ちながら、

「じ、自分が厳重に注意して参りますでありますっ！」

シビラの無茶な命令を御者に伝えるため、小窓を開いて御者に指示を出す。

「……まったく。部下が無能だと苦労が絶えないわ。若さくらいしか取り柄がないんだから」

理不尽な態度のサキュバスに二人が逆らえないのは、このシビラこそが女王の『性奴隷ハーレム』を仕切る重鎮だからだ。

女王が手段を問わずにコレクションした上質な牡たち——その運営を任されるほどの側近なのである。そして、宮廷魔術師でもあるシビラには魔術でも敵わない。さらには性格も女王に次いで極悪と来ているので、もう手が付けられない。

「そう、そうよ——次は右足もね。さっさとなさい」

「は、はいっ！　あの、シビラ様……」

珍しく機嫌が直っているうちに部下のスライム族は、主人に問うた。

「ご令嬢は、ネネーナ様はご無事でしょうか。例の性奴隷への接触不可の呪い——」

「こんなときのため手塩にかけて育てた娘よ。それに、あれでもサキュバス族なのだから男の心に取り入るのは造作もないことよ」

発した魔力で男の思考を鈍らせ油断させる――サキュバスのもっとも得意とするところだ。

「ですがネネーナ様は奔放な性格と言いますか、ご自由なところがあると言いますか――」

「素直に『おバカ』とでも言いなさいな。いいのよ、そういうふうに操りやすいように育てたんだから……！」

血も涙もないようなことを平然と口にするシビラ。

「英才教育よ？　男のこともね。『性的に弱く、私たちには快感も与えられない存在。たとえ貴女が成長しても、性行為なんかちっとも気持ち良くないんだから相手になんてするんじゃないわよ』――ってね」

「そんな、なぜ――」

「決まってるでしょ？　男を独占するのに、他のサキュバスなんて邪魔じゃない」

「あ、愛情は……？」

「愛しているわよ、手駒としてね」

クスクス笑う上司を見て、青ざめた顔をさらに引きつらせるしかできなかった。

「まあ、口の軽さは直せなかったから――あの子にも呪いを掛けておいたわ。女王への絶対忠誠。どれだけ脅されても、女王の命令で動いていることは絶対にしゃべれなくなるようにね。フフ、私の仕事に抜かりはないのよ」

「…………」

「本当なら私への忠誠を優先させておきたかったけれど。あの女、女王の検閲さえなければ。呪いの術式にも目を通すだなんて――私、信用されていないのかしら？　ねえ、どう思う？」

「は、はあ――」

曖昧にうなずくしかなかった。

女王を相手にすら敬う様子はないシビラ。

このままこの人に従っていていいんだろうか……と不安が募るが、今はどうしようもない。彼女の機嫌を損ねないようにするので精一杯だ。

「早く会いたいわね、私のために働いてくれる愛娘と、そして女に触れなくなった間抜けな性奴隷！　楽しみだわ！――って、揺れすぎよこの馬車⁉　もっと速度を落としなさい‼」

シビラたちを乗せた馬車は速度を早めたり緩めたりしながらも、刻一刻と学園に近づいていた。

■　■　■

呪いを掛けられた日の夜。

結局、俺たちは解決策を見い出せないままでいた。ラビはいつもどおりお世話に来てくれて、食事もごちそうしてくれたが、触れられないことに変わりはなかった。

食後、部屋でこうして向かい合ってみても、性行為どころか手も握れないのはつらい。

「やっぱり駄目ですね……」

ラビは図書室で古い文献などにも当たって、呪いや、ダンサーバニーの精霊召喚についても改めて調べてくれたが、色んな解呪の方法を試しても結果は同じだった。

先生たちが学園長ちゃんへの連絡も試みているが、まだ成果はない。また、余計な混乱をもたらさないよう、一部を除き生徒たちには呪いのことを秘密にしている。俺も校舎に近づかないように過ごした。

「学園長ちゃんが戻ってくるのは明後日か……査察官に試験を見られる前に解呪の時間が取れるといいんだが」

「これが女王様の仕業なら、有無を言わさず試験を開始させられちゃうでしょうしね」

来校するという査察官もこの策略に一枚噛んでいる可能性が高い。わざわざこっちの準備が整うのを待ってはくれないだろう。

「どうにか明日のうちに呪いを――あ、あれっ？　な、なんだ？　目まいが……」

「リュータさん⁉」

倒れかかる俺をラビがとっさに支えようとしてくれるが、それを制して壁に手を突く。

手足に力が入らず、体内の魔力が霧散していくような……。

「もしかして、その呪いって――」

ラビの顔が青くなる。

「他人と接触できなくなるだけじゃなくて魔力も遮断してるんじゃ……!?」

召喚された精霊なら、外部からの魔力供給がなければ存在し続けられない。

「リュータさんは半分『精霊』です――その精霊由来の部分は、私からだけじゃなく自然と外から魔力を取り込んでいたのかも」

「それが遮断されたとしたら、俺ってもしかしてこのままだと存在できなくなる？　でも生身の部分は残るわけだから……どうなるんだ？」

「せ、生命活動が止まったり――」

……あれ？　俺死ぬの??

■　■　■

牢に入れられていたネネーナは心細い夜を迎えていた。

鉄格子の牢は性行為実習教室にある、特殊なプレイ用の設備らしいが、そこへさらに結界も施されていて、ネネーナにはどうしようもない。

食事はきちんと用意された。しかも作りたてで味も悪くなかった。許可制だが、トイレにも不自由しない。簡易ベッドまで置かれているのだから、甘い環境とさえ言えるだろう。

しかし夜の校舎だ。別の部屋では学園の教師が監視の名目で宿直しているらしいが、昼間の喧喋を見ている分、宵闇の静けさは何とも不気味だった。

（べ、別に怖くなんかないしっ……！　これも女王様のためだし！）

女王様――？

なぜ自分は会ったこともない相手のために危険を冒しているのだろう？　母親と違って別に王宮で仕えているわけでもないのに――と今さらながらに引っ掛かったが、首を振ってその不敬な疑問を追い出した。

と、そのとき。音を立ててドアが開かれ、パッと明かりが点いた。

「ピャッ――⁉　な、なにっ？　って、おじさんじゃん⁉　こ、こんな夜中になんの用？　ひ、ひまじんだねっ」

強がりが通じているのかどうなのか、彼らはネネーナの震える声には注意を向けることなく教室内に入ってくる。

性奴隷のリュータだけじゃない。彼を召喚したというダンサーバニー族と宿直の教師が一緒だ。三人は至極真面目な顔で牢内のネネーナに質問を投げかけてきた。

「お前、この呪いは他人に触れなくなるものだって言ったよな」

「そ、そーだよ。もう嫌になっちゃった？　そっちのおねーさんとセックスしたくて、仕方なくなっちゃった？」

「それはそうなんだが」

いっそう深刻な顔になって即答するリュータ。本気らしい。

（牡には性欲が全然ないってママゆってたのに……あたしたちサキュバスの餌になるだけだって……なのに、この人なんなの？）

サキュバスの特殊な尻尾でひと撫でするだけで、果てて精液を漏らす生き物。ネネーナたちに栄養を提供するだけの存在で、セックスをしてもこちらは絶対に気持ち良くなんてならない。そう聞かされて育ってきたネネーナにとって、この性奴隷や彼の周囲は理解の範疇外だ。

「触れないだけじゃなく、魔力もシャットアウトするのがこの呪いの正体。そうなんだろ？」

「……？　なにそれ？」

まったく心当たりがない。そもそも呪いの術式は彼女の母親であるシビラが組み立てたもので、ネネーナはその術式が籠められた指輪を授けられただけだ。

性奴隷に触れれば魔術は勝手に発動する。それでネネーナの仕事はおしまい。事が終わってしまえばあとは――あとは？　自分はどうなるんだろう？

「俺はどうやら魔力を吸収できなくなったみたいでな……死ぬかもしれないんだ」

「は？　んなわけないじゃん。そんな呪いなんて一言も――ま」

ママは言っていない、と口にしそうになるが、喉に不思議な圧力が掛かって言葉が出なくなる。

性奴隷たちは演技をしているふうではなかった。特にダンサーバニーの少女は目元を赤くし、思い詰めたような顔をしていて、教師のほうは厳しいまなざしでネネーナを見やっていた。

「う、嘘ついてるんでしょ？　そーやって同情させて。あたしはそんなチョロくないし――」

「リュータ先生。私が吐かせましょう」

眼光の鋭い教師が牢の前に立つ。

「もはや時間の猶予はありません。力尽くでも彼女から解呪の方法を」

「ひっ――!?」

ネネーナは身の危険を顧みず任務に就いていた。

自分はどうなっても女王のために尽くす。

（それがあたしのお仕事だって女王様が……、ママが？　そう、女王様の命令を受けたママが、これは女王様のためだからって――）

そう言われたから。だから従った。

けれど、いざとなると怖くて怖くて仕方ない。

「や、やだっ……！」

しかし、思いがけないことにリュータがネネーナをかばうように立ちはだかる。

「先生。こいつ、嘘は吐いてないみたいです」

「ですがリュータ先生――」

「猫かぶってないときは案外わかりやすい性格みたいですし。顔に出やすいというか。……たまに変な反応を見せることはあるみたいですけど――」

そう言いながらリュータがちらりとこっちを見る。

こんな呪いをかけた自分のことをさぞ恨んでいるだろうと思っていたが、どうもそんな雰囲気はない。

お人好しにも程がある。ネネーナの周りにいた、ママの顔色をうかがってばかりの輩とも違う。保身のためじゃなく、ちゃんとネネーナのことを考えてくれている。

理解できない相手だが、教師とのあいだに立ちはだかってくれる彼の背中にネネーナは妙な安心感を覚えていた。これも、今まで抱いたことのない感情だ。

「――まあとにかく、これは俺たちで解決するしかないみたいですね」

「解決と言っても」

「さっきラビと話し合ったんです。俺には、呪いを解く方法がひとつだけあるかもしれなくて」

そう話す彼は、命の危機にさらされているはずなのにどこか落ち着いている。

いくら解決策を思いついたとしても死ぬのは怖いはずだ。なのに彼は、まるで一度体験したことでもあるかのように、自然とそれを受け入れている。

「俺、こっちに転生してくる前に言われたんです――新しい世界が気に入らなかったら『チェンジ』してもらえるって。転生前の場所に戻してもらって、転生させ直してもらえる」

その権利を行使し、いったんはこの世界から消え去る。

召喚のあかしである首輪もその際に外れ、同時に呪いからも解放されるのではないか。然るのち、精霊召喚で呼び戻してもらえばいい——それが性奴隷の語った策だった。

「そんなことが……？　ですがラビさん、精霊召喚で同じ相手を召喚した例は？」

「……今までには、ありません」

沈痛な、けれど覚悟を決めきったような声。

そんなダンサーバニーの言葉をリュータが継ぐ。

「同じ精霊を呼ぶにはランダム要素が強すぎる……でもこの学園で、俺に対してなら可能かもしれないんです」

「本来ならダンサーバニーの里でしか召喚は成功しないはずなんです。あのときも、本当なら失敗していたはず……」

「ラビの声が俺に届いたのは、俺の置かれていた状況が特殊だったから。転生前のあの場所だったから——」

勉強嫌いで魔術の知識に乏しいネネーナにも、なんとなく話が見えてきた。

ランダムでしか召喚できない相手を、状況を整えることで狙って呼び寄せる。そうすることで、彼を元の状態でこの世界に復活させようとしている。

けれど再召喚できる保証などない。そもそも本当に呪いが解けるのかも分からない。

「う、うまく行くわけないじゃん……！」

召喚魔術の素人から見ても無謀な試みだ。

「だから、ラビを説得するのは大変だったんだよ。でもまたラビとイチャイチャするためなら——そして学園中の生徒とセックスするためなら、俺は絶っっっ対に戻ってくるって説き落としたんだ」

「さ、サイテーの口説き文句じゃない？　それで堕ちたの？　意味わかんない……！」

　何から何まで理解不能。

　男女の交わりなんて意味のないこと。母のシビラからはそう教わっていた。それがネネーナの中の常識。でも本当は、年相応に性行為にも興味があって——。

（だめだめっ！　女王様からも、性奴隷に心許しちゃだめって……い、言われた、っけ？）

　ネネーナが一人混乱しているあいだに、彼らの中で話は着いたらしい。

「ラビ、頼んだぞ」

「はい。絶対リュータさんをもう一度召喚します。絶対です。もう一度会って、リュータさんをギュッてして、リュータさんからもギュッてしてもらいますから……！」

「それ、命令？」

「いいえ、約束です。首輪、もう使えませんし。破ったら……許しませんからね？」

　無理に微笑を浮かべる少女に向かってうなずくと、性奴隷のリュータは大きく息を吸い込んで『チェンジ』と口にした。

　途端、彼の体がまばゆく発光する——

光が収まったときには彼の姿はもうどこにもなかった。

彼の立っていた床には、黒い首輪だけが落ちていた。

■　■　■

「あー、まさかまたここに来ることになるなんてな」

ゴテゴテした装飾の『転生案内所』。前回死んだときにやって来た胡散臭い場所だ。

ここにたどり着けるのかすらギャンブルだったわけで、つくづく綱渡りの作戦だなと噛みしめる。

しかし、俺の体がいつまで持つのかわからなかったあの状況では、分が悪くても賭けに出るしかなかった。

「いらっしゃいませ～♡……ってアレアレ？　ああ、貴方でしたか」

ピンクの法被を着た例のお姉さんが案内所の中で迎えてくれた。

「『チェンジ』を使ったんですね？　嫌になっちゃいましたか、いいですよ～、他にもオススメの世界ありますからね♡　やっぱりハーレムがお好みですか？　こんな美女ばかりの世界はどうでしょう♡　なーんて話には……ご興味ないようですねぇ」

ヘラヘラしているが、どうやらこっちのことはお見通しのようだ。

「せっかくのチェンジなのに同じ世界ですか～。前代未聞ですね～♡」

「またラビの声が聞こえてくると思うから、それまで待たせてもらうよ」

「指名される側、というワケですね～。どうぞどうぞ。そちらのソファにお掛けになってお待ちくださいー♡――とはいえ、こちらとあちらの時間感覚は異なります。貴方には何日も何年も、もしかしたら何十年も待っていただくことになるかもしれませんが、よろしいですか？」

「答えるまでもないな」

「――左様ですかぁ。では、ごゆるりと～♡」

そうして俺はラビからの呼び声が届くのを待ち続けた。

■ ■ ■

「ねえ、もう朝だよ。少し休んだらいーじゃん……」

ネネーナは疲労困憊な様子のラビにそう声をかけた。

リュータが消えてからというもの、彼女は何度も何度も、成功しない精霊召喚の儀式を夜通し続けていた。

すでに生徒たちの登校時間らしく、この実習室にも遠くから賑やかな声が届き始めていた。

ラビの体力も魔力も、とうに限界を超えているはずだ。

「ごめんなさい、お休みを邪魔しちゃってますよね。でもリュータさんが消えた場所だから、ここが成功率が高いかと思って――」

「そーゆーことじゃないんだけど……。あの人、帰って来ないかもしれないんだよ？　死にそうになったんだし、別の世界にも行けるんでしょ？　だったらここじゃないところ選ぶかもしれないじゃん」

「それはありません。リュータさんは約束してくれましたから。だから私もちゃんと約束を果たさないと――」

彼女たちを苦しめているのは自分なのだ。そう考えるといたたまれない気持ちになる。

こんなふうに思い悩むなんて初めてだった。

（でもあたしだって、女王様のために頑張らないと――）

そこへ教師が飛び込んできた。

「た、大変ですよラビさん！　査察官がもう……予定より一日早く到着しました！」

（ママが……⁉）

彼女に言いつけられた計画とはだいぶ異なってしまった。

ネネーナと査察官のシビラは赤の他人のフリをする予定でいる。

当初の目論見では、女王に派遣されてきた査察官は生徒に触れられなくなった性奴隷を見て、『不合格』の烙印を押す、というものだった。もちろん査察官は呪いのことなど斟酌しない。ネネーナも、シビラのことなんて知らないと突き通す。

しかし、そのシナリオ通りにはもう進まない。

肝心の性奴隷がいなくなってしまったのだ。

（でも……）

これはこれで上首尾と言えるのではないだろうか？　触れられるどうこう以前に、性奴隷そのものが存在しなければ合格しようがない。

安堵する一方、ネネーナの心に疑問が浮かぶ。

（お仕事が成功して……そのあとは？　あたし、どうするんだっけ？）

小指の指輪が、鈍く、妖しく輝く。頭がぼーっとする。

（まあいっか。女王様とママが喜んでくれればそれで――）

「もう一度――っ！」

この学園がどうなろうが、彼女たちがどうなろうが関係ない。

「帰ってきて、リュータさんっ！」

…………。

（なにやってんの――）

胸中でネネーナは悪態を吐く。

（おじさん、早く帰ってきてあげなよ！　あたしのせいだけどさ……でも、あんなに呼んでるのに……、約束もしてたじゃん！）

指輪から流れ込む何かがとても不快だ。

檻で拘束されるより、もっとずっと不快――

（帰ってきてあげてよっ……！）

次の瞬間、ラビの足元がまばゆく光った。

■ ■ ■

「さっさと案内してちょうだい。一番座り心地のいい椅子を用意しなさいね？」

学園に到着したシビラは、迎えた教師たちの慌てぶりに内心ほくそ笑んでいたが、表面上は厳しい査察官の顔を保つよう努めていた。

背後にはグリズリーの獣人とスライム族の二人が付き従って、シビラとともに相手ににらみを利かせている。

「まずは報告にあった二人を検分するわ。アルラウネ族のプリメラとスライム族のアズ――だったかしら？　虚偽の報告と見比べて、真実を確認します」

「そ、その、査察は明日の予定では？」

「はぁ？　こんな辺鄙な場所で一日待てというの？　冗談じゃないわ。貴女たちの嘘を見抜いたあとは、最後の試験を始めるの。その場で最終評価を下します」

学園側がそんな場を用意できるわけがない。性奴隷は呪いにかかっているはずなのだから。

教師たちにさらなる動揺が広がるのを愉悦とともにひととおり眺めてから、シビラは制止も聞かずにハイヒールのままで校舎へと足を踏み入れていった。

■　■　■

「ガチ……？　これが精霊召喚——ていうか、裸っ⁉」

祈るように舞い続けていたラビと向かい合う位置に、消滅したはずのリュータが立っていた。

ラビはしばらく固まっていたが、やがてその顔には喜びの色が広がっていった。

「リュータさん……」

「よう、久しぶり。……でもないのか？」

周囲を見回し、状況を確認してから彼は、

「ありがとうラビ。あっちでもはっきりラビの声聞こえたよ。ただいま」

「おかえりなさい、リュータさんっ！」

がばりと抱きつくラビをリュータが優しく抱き留める。全裸だということは、お互い気にしてなさそうだ。

（良かった……、じゃなくて！）

全然良くない。

二人は『抱きしめ合っている』——それはつまり、呪いが解けていることを示す。

呪いが発動するのは一度きり。使い切りの術式なのだ。再び彼に呪いを掛けることは不可能。

このままでは役目を果たせない。女王と母に言いつけられたことを守れなくなってしまう。

（どうしよう、どうしよう——）

顔面蒼白になって頭をフル回転させていると、実習室にまた別の人物が駆け込んできた。

「リュータ、ラビ……！　おお、無事じゃったか！」

ネネーナより背の低い、小柄な狐の獣人。

学園の長、テレジアだろう。彼女の帰還は明日のはず。査察官の動きを知ってから飛んで帰ってきたのようだ。

もとよりベストコンディションではないテレジアだが、体力も魔力も、見るからに消耗しきっている。

彼女はラビとリュータから経緯を説明されて、

「すまぬ、妾の落ち度じゃ……！」

「そんな頭なんて下げなくても。撫でちゃいますよ？」

「んぐ⁉　こ、これッ、本当に撫でるでない！」

「あれー？　謝罪してくれてるんですよねー、撫でてもいいですよねー？」

「ぐっ！　き、気の済むまで撫でてくれ……！　んぐ、撫でるのうまい……！」

（なんなのこの学園……ってゆーかなんなのあの人！　ホント意味わかんない！）

学園を挙げて性行為を奨励しているというだけでも信じられないが、何より不可解なのはあの男だ。性奴隷のリュータ。

〝――排除しないさい〟

鉄格子を掴む左手で指輪が囁くままに、ネネーナは口を開く。

「あ、あーあっ、帰ってきちゃったんだー？」

一同がこちらを見る。

その視線に怯みそうになるが、口は止まらない。

「チョロ雑魚おじさん、わざわざ苦労しに戻って来るとかバカじゃない？」

「バカなもんか。俺にとって性奴隷は天職だし。この仕事を苦労だなんて思わないよ」

「て、てんしょくとか、なにソレ？　難しい言葉やめてよね⁉……試験に落ちたらその仕事もできなくなるんでしょ？　ねぇ、じゃあ今から試験しようよ！　あたしが相手になったげる♪」

こうなれば、この身ひとつで実行するしかない。

正面からの性行為勝負。サキュバスの手練手管を用いて性奴隷を打ち負かす。そしてその様子を母親に――査察官であるシビラに目撃させる。

ネネーナが負けるわけがない。

強い牝が、弱い牡を屈服させる。あっさり敗北した牡は、学園の未来を担うべき性奴隷にはふさわしくない。そういう結論をシビラは下すだろう——結果オーライだけど、これで形式は整うはず。ネネーナの任務は成功だ。

完璧な作戦だ。……自分に性行為の経験はないという唯一の不安点を除けば、だが。

「そちが、じゃと？」

「な、なによ——」

結界魔術に魔力を提供し続けているために、狐耳を含めてようやくネネーナと身長が並ぶくらいだが、テレジアの眼光には厳しいものがあった。

「ほほう、性行為への好奇心はもともと高いか——」

じっとネネーナの瞳を覗き込んだまま、テレジアがつぶやく。

「リュータへの興味も……なんと、もうそこまで膨らんでおるか。ならば問題はないな。それに、もはや魔術の手札も残されておらんようじゃ——他人に影響を及ぼす類いのものは、の」

「？」

ネネーナの本心や、さらには彼女自身も認識できていない『何か』にまで焦点を合わせているかのような、鋭いまなざし。

「よかろう。これを最後の試験としよう。査察官殿も、偶然早く到着したことじゃしの。ラビもよいか？」

テレジアからようやく視線を外されて、ネネーナはほっと胸をなで下ろす。

「はい、私いま……また発情期に入っちゃってるみたいですから。首輪がなくても、リュータさんにねだって困らせちゃいそうでしすし――」

「うむ。そちもリュータの働きっぷりを目の前で見るのは初めてじゃろう？　査察官殿には途中からでも評価してもらおう」

テレジアが檻の入口を開ける。

隙を見て脱走――などとは、彼女の前では到底無理そうだ。もとよりその気もないが。

ここで、この檻の中で、この粗雑なベッドの上で性奴隷を打ち負かす――それだけをネネーナは考えている。

テレジアに続きラビとリュータも入ってきた。リュータのほうは、二人に見られながらという状況にやや戸惑っているようだった。

（ふふん、ゆーわくして、メロメロにして、搾り取ってやるんだから……！）

ネネーナはベッドに乗って膝立ちになり、制服のスカートをめくりあげて見せびらかす。

制服の下は黒いボンテージ――サキュバス族の正装だ。その下腹部から、サキュバスのフェロモンをむわっと発散させる。

「さっさと来てよ♡　ネネーナのサキュバスま×こで、おじさんのザコち×ぽ倒したげる♡」

未経験でもネネーナはサキュバスだ。一応の知識はあるし、何よりその肉体と魔力は性行為に特化している。

どれだけ奥手で性欲の貧しい牡であっても、サキュバスの女性器から醸し出されるフェロモンをひと嗅ぎするだけで、ペニスは限界まで膨張し、睾丸は精子を大量生産し始める。

目の前の性奴隷も例外ではなかったようだ。

「やべ、勃ちすぎて――、つぅッ！」

（ほーら、やっぱチョロ雑魚じゃん！……って、そんなおっきくなるの⁉　え？　えっ⁉）

勃起のせいで動きにくそうにしながらも、リュータが狭いベッドに這い上がって来た。その股間はネネーナの想像の何倍も屹立している。

ベッドの左右にはラビとテレジアが陣取り、間近で見学を始めた。

「それじゃあ、まずはフェラチオしてもらおうか」

仁王立ちになるリュータの勃起しきった男性器が、ネネーナの鼻先に突きつけられる。

「お、おっきぃ……」

凄まじい存在感。

一瞬、自慢の八重歯で噛みついてやろうか、なんて考えが浮かぶが、すぐそばでテレジアが目を光らせている以上、やはりそれは無謀な企みだ。

意を決してネネーナは首を伸ばす。おそるおそる舌先で、彼の陰嚢をチロっと舐める。

「うぁッ……!?」

（なに、今の声……ちょっとかわいーじゃん……♡）

ブルンと震える陰嚢や肉棒も凶暴な造形であることに変わりはないのだが、ほんの少しだけ愛おしく感じられた。

リュータを観察しようと見上げるネネーナの上目づかいは、意図せず彼を興奮させ、陰茎を脈打たせる。

「ここ……竿のとこ、舐めちゃうからね？♡　レロレロッ、ぺろっ♡」

経験はなくともサキュバスの本能が、次にどうすればいいのかを教えてくれる。肉竿を丁寧に舐め上げ、裏筋に唇で吸いつく。そしてパンパンに腫れた亀頭をパクリと口に含むと、

「ッぐ!?　ちっちゃな口で、吸いつかれるッ――――」

「ちゅぷ、ちゅぷ♡　チュポ！　んわ、真っ赤だぁ、ねえ、先っぽ苦いよおじさん？♡なにこれ、とーめいチ×ポ汁、苦すぎるんですけどぉ？♡」

リュータが膝をガクガクさせるさせると、余計に嗜虐心が膨らんでくる。

（そーだ、しっぽ使っちゃえ……っ♡）

楽しくなってきたネネーナはリュータに気づかれないよう尻尾を這わせる。

サキュバスの尻尾は黒くて長い。表面はつるつるしていて、平べったい先端は一度広がり、尖ってすぼまった形状をしている。そのハート型になった先端部分は縦にぱっくりと肉の亀裂があ

る。小ぶりな女性器のような形状だ。

割れ目からはとろりと淫液を分泌でき、広げればペニスすら収めることができる第二の性器。

(アナル……チューってしちゃおっ♡)

ネネーナは器用に尻尾を操り、リュータの尻谷間に侵入させ、肉皺を強く吸引した。

――ヂュぐぐぐッ♡　ちゅずぐッッ♡♡

「う、ォおおっ⁉」

不意打ちにリュータの背が仰け反る。

と同時に、口淫もテンポアップ。ネネーナは口腔内を唾液で満たし、唇をすぼめ、をたっぷり頭を激しく前後させて責め立てる。

「んぽッ♡　ちゅぽッッ、くぽくぽッッ！　ぢゅぽッッ♡」

「ま、待てっ、そんなにしたらっ――――！」

彼の腰がブルブルっと震えるせいで、逞しい肉棒の先端、亀頭がネネーナの喉奥粘膜を何度も叩く。

「――――ンボッ⁉♡　ぐぶッ、ゴボッッ♡　んぇぐッッ……！♡」

あまりの苦しさに涙が溢れるが、咥えたペニスを離すのは悔しい。頬をすぼめて必死にしゃぶりつき、リュータをにらみ上げる。

「こ、コラッ、そんな目でっ……！　動くの止めろって、く、くそっ、出る、出すぞッ⁉」

牡の本能なんだろうか、リュータの大きな両手がネネーナの頭をガシッと掴む。逃げられない。

そしてそのまま、激しい射精がネネーナの喉奥を叩いた。

――グッビュゥ！　びゅびゅびゅッ！　どぷぅッッ！

「ッ⁉　フグゥウウッ⁉♡　ンブっ、んぶぅううっ～～ッ⁉♡」

ビチャビチャと喉に直接放出される濃厚な牡汁は、鼻の奥にまでせり上がってくるほどの勢いと量だ。すさまじい牡臭が体内に充満する。

「んぇっっグ⁉　ごぼッ、お、おぼれるッ、チ×ポ汁でッ⁉♡　ぇぐ、ぉッッぐ♡　んぅう～～ッ、く、くさいっ♡　おじさんのザーメンっ♡　牡臭いっっ！♡　窒息しちゃう♡　んぶ、ぇうう……ッ！♡」

嗅ぐのも味わうのも初めて。

苦しい。でも――その体液に含まれる豊潤な魔力は、吸精を性《さが》とするサキュバスにとってはこれ以上ないごちそうだった。

「――――っ、ングっ、んぐっっ！　喉に、ひっかかるっ♡」

今度はネネーナが快感にゾクゾクと震える番だった。

質と量、ともに最上級の精液にサキュバスの本能が反応する。

（おなかの奥っ、キュンキュンしてるっ⁉♡　せ、せっくすって……これをおなかに出されるのっ⁉♡　そんなの無理っ、ぜ、ぜったいおかしくなっちゃうっ！♡）

けれど口内に残った精液は、容赦なくネネーナの意識を淫らな快楽へと誘惑してくる。

一方で、ネネーナにあれだけ射精したばかりのリュータの肉棒は萎えることなく、それどころか目の前でまだ白濁をまき散らし、ネネーナの顔に熱いものが浴びせられる。

——びゅっ、びゅぅっ♡　びゅっ……！♡

「ううう っ……！♡　出すなっ、そんなに出すなぁっ！♡　じ、自分でシコシコするなっ！♡　やっ、髪にもっ、顔にもかかるからぁっ！　やめろってばっ！♡」

言葉と裏腹に、もっと浴びたいと思ってしまっている。そんな自分の本能が悔しい。

「すげぇ出た——っ。ふぅ、よし次は俺がクンニしてやるからな」

「へっ⁉　あっ、やだぁっ⁉♡」

ベッドにしゃがみ込んできたリュータに軽々とひっくり返されてしまう。

通常、いくら体格で勝っていても男は魔力が弱く、だから女に腕力では敵わない。

でもその常識が彼には通じない。魔力の高い、そしてガッシリとした牡の前では、なされるがままになってしまう——

「やだっ、恥ずかしいっ！　スカートめくれてっ……お股に顔、突っ込まないで♡　におい嗅がないでぇっ！♡」

両脚を持ち上げられ、後転の途中で止められたような体勢で無防備な下腹部に顔を埋《うず》められる。

「ング、ング——、べろっ、べろべろっっ！」

「な、舐めっ――?!　ひぁあああッッ?!♡　やだぁ……っ、そんな、下着の上からおま×こ舐めるなぁっ！　おじさんやだ、やだぁっ！♡」

「ん、そうだな、直接のほうがいいよな。じゃあこれズラして、サキュバスの生ま×こベロベロするぞっ――ぢゅぞぞッ、じゅるじゅるっ、んべろッッ！」

「ひ、ひゃッッ⁉　あぅ？　あぅうっ⁉　や、やらっ、あたしのおま×こ、食べられてるっ⁉♡やだっ、気持ちイイの、やだぁッ！♡」

ネネーナは自慰の経験もない。自分でも満足に触れたことのない柔らかな場所を――陰唇を、陰核を、そして膣口を、おまけにアナルまで。

他人の舌で、それも男の舌で蹂躙され蕩けるような快感で甘やかされる。

（こ、これが『せーこーい』っ⁉　あ、あたまっ、ばかになるっ！♡こんなきもちーことしてたらっ、ばかになっちゃう！♡）

「おッ、おッ、おッ――⁉♡　んお、んおッ⁉♡」

体が勝手に痙攣する。これがアクメというやつなんだろうか？　認めたくない。牡にいいようにされて、未熟な性器を開発されるだなんて。

「穴は小さいけど、これだけトロトロならいけそうだな」

「はぐ、はふっ、はふっっ……？♡」

股の間で彼が何かを言っているけれど、頭の中がグチャグチャで言葉の意味を理解できない。

「あ、れっ……？　なんで、あたし、おっぱい……あきゅッ⁉♡」

いつの間にか制服の前がはだけていて、エナメル生地のサキュバススーツも引き剥がされ、露わになった乳房を揉まれたうえに先端をチューチューと吸われている。

(なんでっ、あたし、足広げられて、おま×こ全部見られちゃって……、あ、あッ、チ×ポ、入れる気だっ……♡　あのおっきいおじさんチ×ポっ、あたしのナカに入れられちゃう……せっくす、されちゃうんだっ♡)

おぼろげな意識の中で、まるで他人事のようにつぶやく。

──ツプッ、ずぐずぐッ、……ヅプンッッ‼♡

「あぐッッ⁉　んァあああああっっ⁉♥」

体内で何か決定的な音が弾けて、異物が侵入してくる。

「チ×ポっ⁉　おじさんチ×ポッ、き、きてるッッ⁉♥」

「そうだ。ネネーナ、俺たちセックスしてるんだぞ」

「せ、せっくす……ッ♥」

力を振り絞って首を持ち上げて下腹部を見やる。あの凶暴な造形をしたペニスが自分と繋がっている。

ジンジンと痺れて痛いが、同時に、めまいがしそうなほどの幸福感も湧き上がってきた。

腰をガシリと捕まえられてガチガチに勃起した牡の棒を突き入れられる。だが決して乱暴ではなく、ネネーナの具合を探りながら肉襞の穴を優しく進んでくる。

やがてその太く長い肉棒は、行き止まりにまでやって来た。

「お、奥きたっ⁉　し、しきゅー、トントンしないでっ！♥　やだ、あ、あッ――♥」

腹部から痺れるような熱が全身に広がる。まるで違う自分に変えられていくような感覚。

（このままぜーし出してほしいっ♥　おじさんに教えて欲しいっ♥　きもちいーことっ、せっくすのことっ♥……――ッ⁉）

幸福で支配されそうだった頭の片隅で、何かがチカッと光った。

〝――使命を果たしなさい〟

重く響くその声に、ネネーナは妄信的に従った。

ぎゅうっと目をすがめて、

「……き、もちよく、ないもんっ！　セックスなんて、おじさんのチ×ポなんてっ！　あぅ？♥んおっ⁈♥――ち、がうっ、こんなの、ぜんぜん気持ち良くないのぉっ！　ざ、ザコチ×ポ、はやくしゃせーしろっ！　あ、あたしのサキュバスま×こに、負けろっっ！♥」

再び尻尾でアナルに吸いつき射精を促すが、苦悶の表情を浮かべてリュータは抗う。

「ネネーナのおま×こも気持ちいいって言ってるぞっ？　俺ももっと繋がっていたいんだ」

覆い被さってきたリュータが、ネネーナの両手を掴む。指と指が絡まり、汗だくの手と手がぎゅむっと繋がれる。

（おじさん、情けない顔してるっ、きもちぃー、きもちぃーって顔♥　いっしょーけんめーに、あんなに汗かいて、腰振って、あたしのことも気持ち良くしようとしてくれてるっ……やっぱり嬉しい♥　気持ち良くなってくれるのも、気持ち良くなるのもッ――好きっっ♥）

自分の意思を縛る何かはまだ存在している。だがその拘束力を押し流すほどの勢いで、ネネーナの膣内に精液が注がれた。

「ネネーナっ、サキュバスま×こに射精するぞッッ……イクッ！」

――びゅぷッッ‼　ビュグ！　びゅぐぐっっっ‼

「あ、ァあああっっ⁉♥　き、きもちぃいっ、赤ちゃんのお部屋にっ、せーしきてるっっ⁉♥　おじさんもっと！　もっと出してよぉっ！♥　おじさんのザーメン、もっと欲しいのぉっ♥　ギュッてして、もっとギュッてしてしゃせいーしてっ♥――きた、きたぁっ♥　はぐ、んぐゥうっっ⁉♥」

濁流のような射精。意識が飛ぶほどの快感。子宮が牡の体液で満たされていく。押さえつけられ、腰を奥まであてがわれ、両手を握りしめられて――。

図らずも、その行為が呪いの指輪を完全に打ち砕いた。魔力が流れ込んでくる。繋がった性器と両手から、全身に。それは小指に嵌めた金色の指輪にも――

外からはリュータの猛々しい魔力。内側からは性に目覚め始めたネネーナの魔力。

牡と牝の激しい魔力が衝突して、呪いの術式を宿した指輪は砕けて散った。

■■■

シビラは苛立っていた。

学園長室に通されテレジアの椅子に腰を下ろし、デスクの上で両脚を組んだ横柄な姿勢で査察に臨んでいた。

ややあって通されてきた生徒二人。アルラウネ族のプリメラと、スライム族のアズ。

学園からの報告は全てが嘘でなくとも、性奴隷の成果を過大に評価したものだろうと高をくくっていた。

しかしプリメラの頭花は見事に咲き誇っている。麗しい貴族令嬢として社交界でも有名だった彼女は、入学前には間違いなく蕾のままだった。この学園で、そんな彼女の頭花を開かせられるとすればただ一人だけ——。

「そろそろ認めてはいただけませんか、リュータ先生のことを。わたくしたちは間違いなく、あの御方のおかげで性行為の快感を知ることができましたの」

「そーそー！　お兄ちゃん先生はすごいんだから！」

「それを決めるのは貴女たちではないわ」

「ですが、査察官様はそもそもお認めになる気がないように見受けられます」

毅然と言い放って、プリメラが一歩、進み出る。

「待つであります！」

護衛でもあるグリズリーの獣人——ドーラが彼女の前に立ちはだかった。

「シビラ様に危害を加えることは許しません！」

プリメラも背の高いほうではあるが、ドーラは頭一つ分ほど高い。肩幅も、腕の太さも違う。

さらにドーラは魔力量も常人以上はある。

並の相手ならば、彼女ににらまれれば踵を返して逃げ出すだろう。

だがプリメラは落ち着き払ってドーラを見上げる。

「まあ、グリズリーのお姉様。わたくしは暴力など考えもしません。ただ——査察官様は少々お耳が遠いようですので、近づいてお話しして差し上げようとしただけです」

「ドーラ！　その小娘、力尽くでもいいからどうにかなさいッ！」

「えっ？　い、いえ、ですがっ……!?」

「何をしているの！」

叫ぶと同時、頭痛もしてきた。

「じ、自分は——っ、で、できません……」

使えない護衛だ。シビラは苦い顔で舌打ちする。

「いいわ。貴女はクビよ、ドーラ」

「なっ――」

図体の割にあわあわと情けない元部下を捨て置いてシビラは、もう一人の部下、スライム族のシアンに命令を下す。

同族であるアズの検分だ。

「ボク？　いいけど、質問にはさっき答えたとおりだよ？　お兄ちゃん先生はスライム族のボクのことを怖がらなくて、優しくしてくれて、たっくさん精液を注いでくれて……お腹、妊娠したみたいにいっぱい膨らんだんだ♡　すっっごい気持ち良かったよ♡」

彼女と対面したミアンはその報告を聞きつつも職務を遂行する。

「貴女、知らないの？　スライム族は体の一部を結合することで記憶と感覚を共有できるの」

「んー？　知ってるよー？」

「……嘘は通じない、ということです。さあ、手のひらを出しなさい」

「はーい」

素直に掲げられたアズの右手に、ミアンはやや鼻白みながらも手を合わせる。スライム族の手と手は、接着部分だけが混ざり合って繋がった。

「あり得ないんですからね。スライム族が男性に優しく愛してもらえるなんて…………、えっ？ど、どういうこと？　あっ、うわっ？」

「ミアン？」

「お、お腹にこんなにっ？　やだっ、タプタプになるまで⁉　熱い、し、信じられない⁉　幸せすぎるじゃないこんなのっ……⁉」

青い頬を真っ赤にさせるミアン。

「ね？　言ったでしょ、お兄ちゃん先生は最高の性奴隷さんなんだから」

「み、認めるわっ！　こんな人、他にいないもの！　うわ、あんなに出したのに、まだっ……⁉　底なしじゃないですかっ⁉」

「ミアン――ッ！」

シビラの怒声で我に返ったミアンはようやく結合を解いたが、うっとりした顔のまま呆然としていた。

「……こんな、こんな素敵な実習……私も学生時代に戻れたら……ああっ――！」

もはやシビラの声も届かないほどミアンは自分の世界に入り込んでいる。

「じゃあお姉ちゃんもこの学園に入ったら～？」

「い、いいえ、さすがに学生という歳では」

「だったら先生になれば？　お仕事辞めて、ここに来てさ。そしたらお兄ちゃん先生とセックスできるよ」

「――っ⁉」

「正式に性奴隷になれたら先生たちともセックスするんだってさー。この学園に来たら、みんなセックスしてもらえるよ。ボクもスライム族のお姉ちゃんができたら嬉しいし！　学園長先生にお願いしてみるよ。どう？」

アズの誘い文句にミアンはぶるぶるっと全身を震わせ、そしてシビラのほうを振り返った。

「シビラ様！　私、今日限りで退職いたします、そして転職します！　もう決めました！」

「なッ、なにをフザケたことを⁉」

「上司にいびられて、失敗したらオシオキが待っていて、いくら尽くしても先ほどのドーラのように一方的に解雇されたり……そんな職場より、私はこの学園で働きたいです！」

開いた口が塞がらないとはこのことだ。

——何を言っているの？　誰に対して？　私にそんな口を利いていいの⁉

言いたいことが次々と湧いてくるが、怒りと頭痛のあまり喉元で詰まって言葉が出ない。

そんなシビラを尻目に、向こうでもヘッドハンティングが始まっていた。

「グリズリーのお姉様も再就職いかがですか？」

「じ、自分でありますか？　ですが、自分は学園に通ったこともなく、性行為も……」

「初めてでもまったく怖くありません。あの御方が優しくエスコートしてくださいます。リュータ先生は、力も強くて、なのに手つきはとても慈愛に満ちていて……♡」

プリメラが顔をうっとりさせると、同時に頭花からも甘やかな香りが漂う。

「あ、貴女たち、そんなことが許されると思っているのッ⁉」

「……自分は、先ほどクビになりましたから」

ドーラが振り向き、ギロリと睨んでくる。

「性行為うんぬんはともかく――自分のこの体は、弱者を虐げるために鍛えてきたのではありません。……ハーレムの男性たちを守るためにと、自分をスカウトしてくださったのはシビラ様、貴女です。ですから次は――この学園の性奴隷を守る仕事に就くのも良いかと」

ドーラはいつになくきっぱりとした口調で、

「無職であるならば、どこに就職を願おうとも自分の勝手。……どうぞ、査察官殿はお仕事を続けられてくださいませ。お世話になりました。道中、お気を付けて」

律儀に敬礼するドーラに、しかしシビラの腸《はらわた》は煮えくり返りそうだった。

「分かっているの!? ここの性奴隷は呪いに掛かっているの！ 誰にも触れない――そう、貴女たちにもね！」

「――あら」

小首をかしげてプリメラが微笑する。

「リュータ先生が呪いに掛けられたなんて、一体どこで？」

「そっ、それは……ッ、生徒たちよ！ さっき噂しているのを耳にしたのよ！」

「おかしいですわね？ このことは先生方と一部の生徒……わたくしとそこのアズさん、それから性奴隷係のラビさんにしか知らされていませんわ」

「う、グッ――‼」

「プリメラ先輩、このおばさん偉い人だからきっと何でもお見通しなんだよ！　凄いよね〜」

「まあ、そうでしたの。失礼致しましたわ」

カアッと頭に血が上って、頭痛が酷くなる。

攻撃の魔術を放ちたくなる衝動をどうにかすんでのところで抑え、シビラは立ち上がる。

「こんな真似ッ――！　いいわ勝手になさい、この小娘に……この恩知らずどもッッ‼」

捨て台詞を残し、ズカズカと学園長室を出ていった。


「ふざけないで、ふざけないで、ふざけないでッ――！」

シビラはハイヒールをカツカツと鳴らして、

「どこなのッ、性奴隷のいる教室はっ！」

「こ、こちらです」

案内役の教師の先導で、性行為実習室へと向かっていく。

――飼い犬に手を噛まれたことは業腹だが、任務に影響はない。

娘のネネーナに授けた指輪。その呪いに性奴隷が打ち勝つ術などない。だからこの査察はもう茶番なのだ。この学園の性奴隷は、もう生徒に指一本触れられないのだから……！

「魔力から察するに、あの学園長も帰って来ているようね？　実習室にいるんでしょう⁉」

今ごろ大慌てで解呪に取り組んでいることだろうが、無駄な努力だ。

そんな短時間で『分解』できるような術式ではない――よほど規格外の魔力でもぶつけない限りは。

この学園さえ潰してしまえば造反した部下たちも路頭に迷う。シビラを苛つかせる要素は、あの実習室の扉の向こうへと進むだけで全て取り除かれるのだ。

生徒に触れない性奴隷に、狼狽しきった狐獣人の学園長。

……さあ、その絶望した顔を拝んでやろうではないか！


「んぉおおおッッ♥　リュータ♥　妾に種付け射精をする気かっ⁉♥　んぐううッ⁉♥」


「――……、は？」

実習室内では、シビラの想定とはかけ離れた光景が繰り広げられていた。

空間の三分の一ほどを鉄格子で仕切られた特殊な間取りの教室。

檻の中には四人の人物。

着衣が乱れて、シビラの目から見ても艶っぽい雰囲気を醸し出しているダンサーバニーの生徒。

それから、娘のネネーナ。中出しされた精液を淫裂から垂れ流し、あられもなく足を広げた姿。

――それはそれで十分に衝撃的だったが、問題はそれだけでなかった。

裸体を晒した小柄な狐獣人――学園長のテレジアが、鉄格子を必死に握って背後から犯されている。

「あ、溢れるっ♥　んぐぉ⁉　まさかこれほど成長するとはっ……イかされる、イかされてしまうぅっ♥　んおおおおお♥」

相手の見知らぬ男が例の性奴隷だろう。間違いなく呪いが解けている。

一瞬、幻術の類いかと疑ってみたが、シビラは一級の魔術師。これが現実であることはすぐに判断が付いた。

「な、何をしているの――」

「ングゥウっ……！♥……お、おお、査察官殿。随分とのんびりとした到着じゃったなっ」

「――――っ！　これは、何をしているところなのかと尋ねているのです！」

「うむ、実は性奴隷の最終試験を行っておったんじゃが――ンおお⁉　こ、これ、今は話しておる最中っ、ぉほッ⁉♥　……ネネーナを相手に、このリュータが試験に臨んでおったんじゃ。その、サキュバス娘にのう――んォオっ♥♥」

性奴隷に向けて放った刺客――ネネーナとの繋がりは秘匿しているはずなのに、テレジアは勘づいた上でこちらを煽っている。

「膣内射精がよほど気持ち良かったのか、ネネーナはそのまま快感失神してしまってな、まだ射精したりなかったリュータのことを、ラビが口淫で慰めたのじゃが――おッ♥」

「それでもリュータさん治まらなくって。学園長先生が『襲ってもいいぞ』って言ったら」

「まるで獣のようにがっついて来てなッ、それで――んおッ⁉♥　そ、それでこの有様じゃ♥」

魔力不足であんな姿になっているテレジアだが、それでも性的強者であることは間違いない。

そのテレジアのことをあれほどまでに乱れさせる性奴隷なんて――あり得ない。

「羨ましいか？」

「う、羨ましいなど――ッ！」

女王の目を盗み、ハーレムの男をつまみ食いするなどシビラにとっては日常茶飯事。経験豊富なシビラだが――それでもこの男から目が離せない。

あの逞しさや、教室中に充満する精液の臭い、魔力の濃さ。

「リュータよっ、そろそろ正気に戻らんかっ♥　グリグリ押しつけてくるなっ♥　このままでは落ち着いて話しもできんぞ――っ」

「え、――ああ、すみません。学園長ちゃんの穴、狭くてうねって絡みついて……尻尾も俺のことさわさわ撫でてくるから、気持ち良すぎて」

「まったく♥　名残惜しいが抜くのじゃ――ん、んふぅうッ……オッ♥」

ヌルリ、と引き抜かれた男根は、もう何度も射精しているはずなのにまだ立派に屹立している。

一方で栓をなくしたテレジアの膣からはボタボタと粘度の高い白濁液が垂れ落ちて床を汚す。

（なんて上等な牡なの⁉　こんなの、見たことない――）

ごくりと生唾を飲み下すシビラに対して、テレジアがほくそ笑む。

「査察官シビラ殿よ。夢中になっておる場合ではないのではないか？　考えるべきは我が身のことじゃろう？」

「な、なんですって……」

確かにシビラの企みは破綻している。

虚偽の査察結果を報告することは可能だが、報告の相手は女王だけではない。テレジア派の貴族や魔術師に嘘を突き通すことは――

「なにやら考えておるようじゃが、本当に分かっておるか？　ほれ、査察官殿に触れてやれ」

テレジア言うと、ここまでシビラを案内してきた教師が手を伸ばしてきた。

次の瞬間、シビラの肩が突き飛ばされる。

「痛っ――！　この私に何を――」

「い、いえ。ただ肩に触れようとしただけで、触れてすらいませんが……」

「ま、まさか……」

「ようやく思い至ったか？　そうじゃ、リュータへの呪いは指輪ごと砕けた。剥がされた呪いは、どこへ行くのかのう……」

「術者に……返る……」

人を呪わば穴二つ。精霊召喚のような双方向の関係でもなく、一方的に対象の行動を強く縛る種類の魔術なだけにそのリスクも大きい。

順を追って『分解』された呪いならともなく、力尽くで引き剥がされた呪いは術者に返って同様の効果をもたらす。

そういえば――

先ほど学園長室で不意に感じた頭痛。あれは使えない部下と生意気な小娘たちへの苛立ちのせいではなく、呪いが返ってきたことによる痛みだったのだろうか？

「あ、あの呪いは魔力も遮断するのよ⁉　吸精が……」

「できんようになるのぅ、残念ながら」

食事で栄養を取れば死ぬことはなくとも、男から精力を搾り取ることはシビラにとっては至上の快楽だ。その人生最大の楽しみ奪われて、しかも魔力を摂取できなくなれば自慢の肉体も美貌も維持できなくなる。

「い、イヤッ！　そんなのイヤよッッ⁉」

ヒステリックに叫んだところで、もはや彼女に味方はいない。

そしてその声で、ベッドの上のネネーナが目を覚ましモゾモゾと体を起こした。

「ん……、あれ？　ママ？……やっほー」

まだ意識が混濁しているのか、とろんとした声でつぶやく。

「あたし……、あ、そうだ……おじさんとセックスして、中出しされちゃって……それで……。

んーと、なんでがっこーに来たんだっけ？　あたし、ママに指輪もらって――。んん……女王とか、なんでえらいって思ってたんだろ？　あれ……？」

ネネーナの様子を見ているうち、シビラはさらに絶望する。

壊れた指輪に籠めていた呪いの術式は二種類。

性奴隷に施した接触不可の呪いと、ネネーナの行動を縛っていた忠誠の呪い。

女王への絶対服従。彼女の臣下であるシビラだが、それはあくまでおのれの利益のために従っているに過ぎない。

「私が女王に尽くすですって？　あの性悪な小娘になんて――ひ、ヒグッッ⁉」

呪いによる制約を破ってしまった痛み。女王に対し不敬な考えを抱くだけでシビラの脳髄に苦痛が走る。

「そんな、そんなッッ――！」

「あー、えーっと、なんだろ……頭がすごいスッキリしてる……」

苦悶するシビラとは対照的に、セックスを覚え、良質な魔力を吸精したネネーナの体は、すこぶる良好なコンディションになっていた。

「そーだ、おじさんに……先生にセックス教えてもらって♡　うあ……おま×こ、ザーメンでどろどろ♡　んッ、――やば、臭い嗅いだら、またうずうずしてきちゃった……っ♡」

チラリ、と傍らに立つリュータを見上げる。

「……ね、先生♡　もっかいネネーナとセックスして？　おま×こに先生ザーメン欲しい♡」

「いいのか？」

性奴隷のリュータが応える。

「あっちの人、ネネーナの母親なんじゃないのか？」

「いーのっ♡　あたしたちのセックスを見るのがママの仕事なんだもん、——ね、ママ。あたし、ママから聞いてたのより、ずっとずっと気持ちのいいセックスできるようになったんだよ？」

屈託のない表情。本人は煽っているつもりはないのだろう。

しかし今のシビラにとっては——二度と快楽を得ることのできないサキュバスにとっては、拷問めいて耳に響く。

「このせんせーに教えてもらったの♡　これからまたおま×こにザーメンどぽどぽって出してもらうから♡　ちゃんと見ててね♪……先生、だっこしてっ♡」

はだけていた制服も下着も脱ぎ去ったネネーナは、リュータに向かって両手を差し伸べ、甘ったるい声で抱擁をねだる。

「わかったよ。じゃあ試験再開、あの人にも見てもらおうな」

リュータの逞しい腕がネネーナの体をひょいと持ち上げ、大きな手のひらで桃尻をがっしと鷲づかみにする。

「ひゃっ⁉　わわっ？　お尻、おま×こ、広げられちゃってる♡　チ×ポ挿れる格好にさせられちゃってる♡」

「入るところもバッチリ見てもらわないといけないからな。——行きますよ、査察官さん。娘さんのサキュバスま×こに俺の勃起チ×ポに入れますからね？　キツくて、じゅくじゅくで、具合のいい、サキュバス娘の肉壺を突きまくるので」

「やぁんっ♡　ゆわないでせんせぇっ♡——あっ、あッ⁉　きたぁっ♡」

娘の膣穴に、凶暴な肉の棒が呑み込まれていく。

——ズプ、ずぢっ、ぐぢ……ぐヂュンッッ♥♥

「ひゃあぁあっ♥　せんせ、せんせぇッ！♥」

「あ、あ、ネネーナ……っ⁉」

サキュバス族は肉親であっても競合相手。まれに手を組んで『狩り』に臨むことはあっても、たいがいの場合は獲物の取り分で揉めて決裂するような協調性のない種族だ。

その点シビラは娘を手駒としてうまく利用し操作できているつもりでいたが、そんな自尊心も眼前で打ち砕かれ続けていた。

「ママ、見てっ♥　先生のチ×ポ、きもちーよっ♥　ゆさゆさって、ネネーナのからだ揺さぶりながら、犯してもらってるのッッ♥　ひあっ♥　んぉッ！♥」

ネネーナの黒くて小さな羽がピンと伸び、サキュバス尻尾は男の足に巻き付いてスリスリと、親愛の情を示すかのように甘えている。

「いく、いぐッッッ！　せっくすいいよぉっ、気持ちいいよぉっ♥　すき、性行為好きっっ♥」

目の前で娘が一人前のサキュバスに変えられていく。ハーレムの男たちが束になっても敵わないであろう、逞しい牡によって。

顔を背けたいが女王への忠誠心――査察官としての任務を放棄することができず、髪をかき乱し膝から崩れ落ちる。

「あぐ、アアアッッ――⁉」

――ジュポ♥　グポ、ずぽずぽずぽッッ♥

「はひッ♥　ヒッ⁉　せんせ、せんせっっ、おしえて、ネネーナにもっと、セックスきもちいーの教えてっっ♥　ママの前で教えてっ♥　お、おっ⁉　おま×こ、イクっ、ち×ぽでイクッッ♥いくいく♥　ひぎゅぅううッッ♥♥」

――どくッ！　ブビュぅううッ！　ブピッ、どぶッッ！

「んぉお♥　し、しきゅーに入りきらないぃぃい♥　赤ちゃんミルク、おま×こでお漏らししちゃぅうう⁉♥」

結合部から白濁液を垂れ流し、ネネーナは絶頂する。

「ぎゅってして、先生にギュッてされてイギだいの♥　オっ、お♥　んおお♥　んぉおおお♥」

――ぶぴゅぅうッ、ドクドクッッッ‼

「ネネーナ、締めすぎだぞっ！　背中も、いや全身も熱くなってるなっ、――ンッグ！　おぉっ、出る、まだ出るッ……ネネーナのま×こに、たっぷり出すぞっ……！」

「んィいッ⁉♥……ン、んぅ、んぅう♥　せんせ、せんせぇっ……♥」

これ以上ないほど手足に力を込めて抱きつき、ネネーナが果てる。

先ほど処女を喪失したばかりとは到底思えない激しさ。それでいて、幼子のような愛らしさで。幸せそうに。気持ち良さそうに。

それはシビラがもう二度と味わうことのない――いや、一度たりとも味わったことのない、とびきりの快楽だった。

「――えーっと、どうでしたか査察官？　って、聞こえてないか」

茫然自失とするシビラには、リュータの声も届かない。

「リュータよ、ならば当人に聞いてみるか」

テレジアが言う。

「ネネーナ、どうじゃった？　初めての性行為、初めての牡の味は。リュータはこの学園の性奴隷として、ふさわしいと思うか？」

「せんせーは……」

ネネーナは、ぼうっとした目でテレジアを見下ろして、それからふいっと顔を背け、リュータの首筋にギュッと抱きつく。

「ゆわない……。せんせーは百点満点とか、あたしゆわないから……」

小さな声でそう答えると、火照ったほっぺと尻尾を擦りつけ、リュータに甘え続けた。

エピローグ

こうして俺は長く苦しい（？）試験をクリアして、正式な性奴隷として働くことになった。

再召喚された体もすこぶる好調で、性欲も魔力も充実している。

「女王の許可が出るまではヒヤヒヤしてましたけどね」

「あちらも汚い手を使って妨害しておきながら失敗しておるからな。あまり無理な主張は通せんかったということじゃろう」

「自分たちで首を絞めちゃったってことですか」

「それもこれも、そちの働きのおかげじゃよ」

素直に褒められると照れくさいので、学園長ちゃんの小さな歩幅に合わせながら俺はたずねる。

「しかし、あの査察官は放置しておいて大丈夫なんですか？」

「シビラか？　あやつの魔術は、吸精に裏付けされた強い魔力があってこそじゃったからな。もはや以前のような魔術は使えぬ。女王もそんな部下を重用はしまい。それでも忠誠心ゆえに女王の下を離れられず……おそらく、雑務ばかり押しつけられてコキ使われるのがオチじゃろう」

俺並みに性欲旺盛な種族だ。

コキ使われることよりも、性行為できないことのほうがよっぽど罰になるだろう。

「ネネーナのこともそろそろ教えてもらえませんか？」

あの最終試験の日から一週間が過ぎている。

その間、学園長ちゃんは彼女の処遇について教えてくれないままだ。呪いを掛けた実行犯とはいえ、彼女も母親に操られた状態で、しかもサキュバスなのに性行為から遠ざけられて育てられていた。

せめてあの毒親からは解放されているといいんだが――

「あやつは『処分』したよ。綺麗サッパリとな」

「うぇっ⁉　う、嘘ですよね⁉」

「うむ、嘘じゃ」

この学園長ちゃんめ、また襲いかかってヒィヒィ言わせてやろうか？

「今は信用できる友人に保護してもらっておる。まさかシビラの手元に返すわけにもいかんし、放り出すわけにもいかんからな。じきに、この学園に入学してくるじゃろう」

「そっか良かった……って、入学？」

「入学が保留されておった一年生。その入学許可が下りた――いや、許可させた。ネネーナも一年生としてここへやって来る予定じゃ。本人の希望によってな」

「おお、マジすか……！」

「嬉しそうな顔じゃな。理解しておるのか？　生徒二百人のところが三百人に……ネネーナを含めて三百一人の教え子じゃぞ。そちの仕事も倍増じゃ」

「だから喜んでるんじゃないですか」

「……まったく、底抜けの性欲じゃのう」

呆れてみせるが、学園長ちゃんも嬉しそうだ。

「そうそう、ネネーナから伝言を預かっておる。一字一句違わずにリュータに伝えて欲しい、とのことじゃ」

ほう？　何だろう、熱烈なラブコールだろうか？

あれだけ懐いて甘えて来てたしな。きっとデレデレなメッセージなんだろう。

「──『やっほー元気にしてる？　すぐにネネーナが行ってザコち×ぽ搾りまくってやるから♡楽しみにしててね、チョロザコお・じ・さ・ん♡』──だそうじゃ」

アイツ、生意気なのは呪いのせいじゃなくて元からかよ！　生徒としてやって来たら色々と分からせてやらないとな⁉

「フフ。仲良くやれそうじゃな。──っと。時間ぴったりの到着じゃな」

学園長ちゃんが、性行為実習室の前で足を止める。

「さあリュータよ。今日は記念すべき日——そちが性奴隷として正式に行う性行為実習の初日じゃ。よろしく頼むぞ」

そうだ。全校生徒を対象にした性行為実習のための公認『性奴隷』。それが俺の立場で、楽しく気持ちいい性行為を教えるのが俺の仕事だ。

「よいかリュータ、性行為は——」

「楽しく気持ち良く、ですよね」

「よし頼んだぞ、我が校自慢の性奴隷よ！」

廊下に残った学園長ちゃんに送り出されて、俺は入室する。


「——よろしくお願いします、リュータさん……♡」

二年A組、ラビが委員長を務めるクラスが相手だ。

午前の陽光が薄いカーテン越しに差し込む中、教室の大部分を占めているのは超巨大なベッド。

そのベッドの上で生徒たちが俺を待っていた。

全員、性行為実習着。標準タイプ。つまり煽情的なランジェリー。

視覚的にも十分エロすぎるが、ベッドに近づくと生徒たちの甘ったるい肌の匂いと、魔力を含んだ牝のフェロモンで頭がやられそうだ。

「リュータ先生、では早速」

担任の先生が俺の服を脱がせて丁寧に畳んでくれる。

俺の体を見た生徒たちからは恍惚とした黄色い声。試験で何度か味わったシチュエーションだが、今日は特別だ。試験では一対一だったが、今日はクラス全員に性行為を教えるのだ。

興味いっぱいのまなざしで牡の裸を見つめてくる彼女たちとも全員セックスをする――そう考えると、全身に武者震いが走る。

生唾を呑み込んで下着姿の生徒たちが待つベッドへ。

その中央、ラビの前に俺は座り込む。

「と、とうとうですね……っ♡」

ラビは俺以上に緊張しているが、同時に、俺以上に期待を抱いているようにも見える。

「やっぱり、見られながらは恥ずかしいか？」

「それはもちろん……でもネネーナちゃんのセックスを間近で見て、いいなって。私もリュータさんとの性行為をみんなに見てもらおうって決心がついて……」

ラビが上目遣いに俺を見る。

「それに私、ようやく暴走発情期は抜けましたし……やっとリュータさんに膣内射精してもらえそうです♡」

今日は俺たち二人にとっても記念すべき日になる。

初日からずっと一緒にいながら、お預けになっていた中出しセックス。お互い我慢に我慢を重ねて、ようやく今日、この性行為実習の場で解禁になるのだ。

「ラビ、例のやつ持って来てくれたか？」

「……本当にいいんですか？」

ラビの手には首輪。

俺が転生し直すにあたって外れて落ちたあと、ラビが回収していたものだ。呪いは跡形もなくなっていることは学園長ちゃんにも確認してもらっている。

「もうこれは着けなくても……リュータさん、命令を聞かなくてもよくなるのに」

「俺は学園の性奴隷だけど——ラビは俺の『ご主人様』だからな。それがないと落ち着かないんだよ」

「リュータさん」

ラビは照れたように微笑すると、俺の首に手を回して黒いチョーカーを付けてくれた。

「これからもよろしくな、ラビ」

「はい……♡」

そっと彼女の肩を抱いて正対する。ブラジャーを着けていない、肌の透けたフリルのキャミソール。その薄布を押し上げて強く主張しているラビの乳房が、ぷるんと揺れる。

「キス……お願いします……」

数え切れないほど一緒に経験してきたのに、こうしてみんなの前だと緊張してしまう。

「はむ、ちゅむ……っ」

ラビは友人たちに見つめられながらで身を固くしている。その緊張をほぐすように優しく、唇の形を確かめるような口づけから始めて、次第に舌を絡め合う濃厚なキスへ。

「れぷっ♡　れろっっ♡　んむぅっ、ベロ、きもひぃいれすっ。んぢゅっ♡」

肩のこわばりが取れていき、声も蕩けてきた。

俺が差し込んだ舌に、ラビは自分の舌をしっとりと絡めてくる。互いの唾液を塗り込みあって、クラスメイトたちにもキスの仕方を見せつけてやる。

「あっ、あんッ!?　おっぱい、やぁあ……っ♡」

無防備に差し出されていた乳房。

指が埋まる柔らかさと、はじき返してくる瑞々しい弾力。先端の、エッチなコリコリ感。

「きゃふ♡　やんっ……！　リュータさんのちくびもっ……くりくりさせてください♡……いいですか、『先生』？　はぁッ、あんッ！♡」

見つめ合い、舌先を絡め合いながら、乳首を刺激し合う。淫らで愛情いっぱいの睦み合いに他の生徒たちも我慢できなくなったらしく、あちこちから小さな嬌声が漏れ始める。

「――ラビ。俺たちのキスでみんなオナニー始めちゃったけど？」

「照れちゃいます♡　でも……もっと、リュータさんとしたい♡　二人でエッチになるところ、みんなにも見てもらいたい……っ♡」

可愛らしくぐずるラビのことを抱きしめて、押し倒す。

胸をまさぐり、脚を絡ませあって、互いの体を激しく求め合う。

これから最良最愛の相手とセックスをする――頭と体がそう理解すると、もう激情は止まらなかった。

ラビのウサ耳。長い髪。潤んだ瞳に、ふにふにと柔らかな頰。しっとりと汗ばんで熱くなった首筋に、むせ返るような甘い肌の匂い。

「リュータさんっ！♡ んぐっ、ちゅむッ♡ あッ、あんッッ！ そこ、気持ちいいですっ♡」

「ラビも――、チ×ポに、そんなに太もも擦りつけたら……っ！」

お互い、どこをどう触れれば快感を与えられるのかを知り尽くしている。

尖りきったラビの乳首を口に含みながら、グショグショに濡れたショーツを指でいじり、女性器を丹念に愛撫する。

俺とのセックスのために、これほどまでに蜜を溢れさせている。そう感じるだけで震えるほど嬉しくなって、ペニスの屹立も激しくなる。

「――ッ、ラビ、もうパンツ脱がすからなっ、入れるぞ……っ！」

「きて、きてくださいっ♡ リュータさんが欲しいっっ♡」

これは授業なのだから、もっといろんな性技を実演すべきなのかもしれない。

けれど俺たちにそんな余裕はなくなっていた。焦がれ続けた互いの体。早く繋がって、牡として激しく性交したい。

抑えがたい本能に掻き立てられるまま俺たちは腰を押しつけ合って、一気に結合を果たした。

——ぬぷッッ♥　グヂっ、ずとんっっ♥♥

「おおッ——⁉」

「んくぅうっ⁉　これ、あっ⁉　おま×こ悦んでる♥　リュータさんッ、好き、すきっっ♥」

「俺もだラビっ——！」

根元まで勃起ペニスを挿入して、グリグリと腰を押しつける。愛液が行き渡ってじゅくじゅくになった肉襞。ラビの気持ちいい穴が俺を抱きしめて離さない。

「んぢゅっ♥　あッ、あァッ！　いってるんです、おま×こ、さっきからずっとイってるのッ！　リュータさんのおち×ぽ入れられてから、ずっと……、子宮も——っ、子宮が、迎えにいっちゃってるっっ♥」

「出しても平気か」

「出して、リュータさんの、とびっきり熱いせーえきくださいっ♥　精液出されて、赤ちゃんのお部屋でアクメしたいっっ♥　リュータさんの赤ちゃんを孕む練習、したいっっっ♥♥」

俺の亀頭に、子宮口がぢゅうぅッっと吸いついてくる。

「射精するからな、膣内に、子宮にッ——！　子作り精子、出すからなっっ！」

「アッ、あっ、あぁっっ⁉♥　いく、いくいくっ、やだっ、リュータさんと一緒にイキたいっ♥　射精されながらイキたいっっ♥」

絶頂に耐えるラビの手足が俺をがしっと抱きしめて、それが俺の射精欲求をさらに高める。

かつてないほど濃厚で、絶対に気持ちのいい精液が俺の肉棒に充填されていく。

「出すぞ、射精するからな、一緒にイくんだぞラビっっ！」

「はいっ、はいッッ♥　いく♥　いくいくっっ、ふぁ、あああアッッ――⁉♥」

――ビュクビュクっ！　ずびゅううッッ！　どくどくどくッッ！

子宮口にぴったりと押しつけての全力射精。密着させた腰を大きく震わせ、彼女の中に精子を送り込む。これは子作りセックスの実習。実習だけれど、俺たちは本気だ。

「うぐッ、これ、結界がなかったら――」

「なかったら絶対孕んでますっ♥　リュータさんの赤ちゃん孕んでました♥　気持ちいいのが止まりませんっ♥　おま×こも子宮も、嬉しい、嬉しいって♥　リュータさん、もっと、種付けっ♥」

「もちろん。今度は――」

体勢を変える。

ラビの体を抱えて起き上がり、今度は俺が下になる。上半身だけランジェリーを付けた艶めかしいラビの女体を見せびらかして、騎乗位でセックスする。

「ひぁっ⁉　こ、これ、全部見られちゃうっ――⁉」

ダンサーバニーの豊かな肉体との種付け交尾を生徒たちに見せつける。ラビのお腹をさすって、俺は生徒たちに、

「みんな見えるか？　ここ――ラビの子宮に、俺の精液がたっぷり入ってるんだ。これからもっとラビに搾り取ってもらうからな。できるな、ラビ？」

「はいっ♥　リュータさんのおち×ぽ、おっきいおち×ぽ♥　私のお腹の中に入ってて……っ、こ、こうやって腰を動かすと、ニチャ、ニチャってえっちな音もっ、気持ちいいんです、奴隷おち×ぽ気持ちいいッ！　せっくす、幸せですっっ♥　んあ、んあッッ♥」

一期一会の精霊と交わり、まるで踊るように腰をくねらせて子孫を残すための性交を行う。

それがラビたちダンサーバニー族だ。

――ズチュッ♥　だぱッ♥　ばちゅッ、ばちゅッッ、どちゅッッッ♥

悦びに満ちた嬌声、前後左右にぶるぶる揺れる大きな乳房。俺の子を孕むための腰使いに、打ち付けられる豊かな桃尻。極上の肉壺に誘われて、俺は二度目の膣内射精を果たす。

――グビュルッ！　びゅぐぐぐっっっ！　ずびゅぐッッッ‼

「やぁあああッ⁉♥　せーしっ、せーし気持ちいいっっっ！♥♥♥」

のけ反るラビの腰をガシッと掴まえて、最奥へ精液を流し込み続ける。それはかつて経験したことのない最高の射精だった。

「ラビ……っ」

体を起こして対面座位で抱きしめ合い、キスをしながらまた射精。止まらない。底なしの快楽と、天井知らずの幸福感。

「リュータさん、ずっと、ずっと♥　ずっとこうしてたいですっ……♥」

性交の悦びに涙を流しながら、俺たちは絶頂の余韻に浸り続けた——のだけれど。

それで終わることはできない。これは仕事なのだ。


「先生、次は私とお願いします……っ！」「ラビちゃんとしながらでいいから、キスをっ♡あの、よければおま×こもイジって欲しいですっ」「私もっ——♡」

とうとう耐えられなくなった生徒たちに、四方八方から『実習』をねだられてしまう。

「あー……、ラビ？」

「授業ですもんね……続きは夜にもできますし♥」

名残惜しいが仕方ない。

「よし、じゃあ実習いくぞ！　まずはフェラチオからだ」

「やったぁ！♡」

歓喜する生徒たちが俺に群がってくる。

いくつもの唇と舌で、俺の下半身はよだれだらけ。

しかし、なにせ相手は二十五人。フェラだけでは順番が回らないので、俺も愛撫をする。

大きなおっぱいに、控えめなちっぱい。ケモ耳少女からの熱烈なキスを浴びたかと思えば、エルフの美少女が乳首に吸いついてくる。左右の手には、それぞれ処女の淫裂が擦りつけられ、マーキングされてしまう。

若い牝たちにフェロモン漬けにされて、嬉しいやら忙しいやら！

「だぁあ、くそっ、収集がつかないなコレ⁉」

「み、みんな、リュータさんが困ってますっ、順番に並びましょう！」

委員長らしくラビが捌いてくれる。

俺はまだまだ新米教師。

今はこの人数を要領よく相手するのは大変だが、それでも誠心誠意、性奴隷として生徒たちに尽くさなければ。

「みんな、リュータさんにお尻を向けて……そうです、おま×こに入れてもらいましょう——」

異世界の性行為実習。四つん這いですらりと並ぶ生徒たち。犬の尻尾や猫の尻尾。色んな種族の、発情しきったいやらしい桃尻。初々しい割れ目——

「せんせぇっ、はやく教えてくださいっ♡」「私の初めての穴に、おち×ぽくださいっ♡」「セックス楽しみ♡　ちん×ん入れて、ザーメン出してっ！♡」「わたくしも先生の精子が欲しいです♡」「授業大好きっ♡　子作りのお勉強、がんばりますっ♡」

そんな黄色い声が飛び交う中、ラビがひときわ艶っぽい声で俺にねだる。

「さあどうぞリュータさん……♡　二年A組、生徒一同のおま×こです♡　たくさんセックスを教えてあげてくださいね♡……その、もっと、私にも♡」

この日から俺の学園性奴隷生活は本格的にスタートしたのだった。

あとがき

――俺たちのハーレムはこれからだ‼


ということで、ここまでお読みくださり誠にありがとうございました。

本作は小説家になろうグループのノクターンノベルズで連載していたウェブ小説です。

それをこのような形でお届けできたのは、まずは何よりウェブ連載から応援してくださった読者の皆様のおかげです。

皆様が感想やリアクションをくださったおかげで書き続けることができ、こうして竹書房様から出版していただくことができました。本当に感謝に堪えません。

そしてもちろん担当編集者さんをはじめとした関係者の方々にも大変お世話になりました。

なかでもイラストレーターの孫陽州先生には頭が上がりません。

色々とご無理を申したにも関わらず、ラビたちの姿を期待のずっと上をいくえっちさで描いてくださいました。孫陽州先生はイラストや漫画作品など、さまざまご活躍されているので、今まで知らなかったという方はぜひチェックしてみてください！

改めて、関わってくださった皆様ありがとうございました。

さて、本編では性行為実習が本格的に始まり、ネネーナを含む一年生もこれから入学してきます。

美人な先生たちもセックスをしたくて堪らなくなっているでしょうし、たった一人の性奴隷は、これからますます忙しくなっていくことでしょう——。

そんなリュータの活躍をご覧になりたい方は、この第一巻を、

「えっちだったよ、読んでみて！」

と宣伝していただけたら嬉しいです。

ご家族・ご友人・先輩後輩・会社の上司・社長・社長の娘・初恋の人・道行く方々と……満遍なくお薦めしていただけたら続きが出るかも？

応援よろしくお願いします！

それでは、名残惜しいですが次の授業までいったんお別れです。ぜひまたお会いしましょう。

皆様もよい学園ハーレムライフを～！

タイフーンの目

●本書は小説投稿サイト「ノクターンノベルズ」（https://noc.syosetu.com）にて連載された『魔法女学園の売店ではたらく俺は、異世界から召喚された『性奴隷』です。』を修正・加筆し、改題したものです。

Variant Novels
魔法女学園の売店ではたらく俺は、異世界から召喚された『ハーレム奴隷』です。

2024年7月4日　初版第一刷発行

著者……………………… タイフーンの目
イラスト……………………………… 孫陽州
装丁………………… 5 gas Design Studio
DTP組版 ……………………… 岩田伸昭

発行所…………………………………株式会社竹書房
〒102-0075 東京都千代田区三番町8-1
三番町東急ビル6F
email：info@takeshobo.co.jp
https://www.takeshobo.co.jp
印刷所……………………………共同印刷株式会社